Yann Queffélec

TABARLY

Une vie

L'Archipel - Fayard

TEXTE INTÉGRAL

ISBN 978-2-7578-1246-4
(ISBN 978-2-8098-0034-0, 1re publication)

À Jacqueline Tabarly

À Marie Tabarly

À Gérard Petitpas

À Erwan Quéméré

Aux gens de mer

Combien de lunes et soleils
Tombant de neuves galaxies
Ont mis le cap sur d'autres terres
Et d'autres ciels perdus depuis
Que tant de nuits en des nuits mortes
Et tant de jours se sont suivis,
Et que face à des milles d'eau
Je tends des mains inconsolées

José Gers

Le 6 juillet 1992, à Brest, j'ai rencontré Éric Tabarly pour la dernière fois. Il était sur Pen Duick Premier, *moi sur* Baba Yaga, *un First 456, mon voilier de l'époque. Nous nous appelions par nos prénoms. C'est donc naturellement que je l'appelle Éric dans cet ouvrage écrit à sa mémoire.*

Y. Q.

Quelque chose lui arriva…

Éric Tabarly, né vainqueur en 1931. En 64, il remporte l'Ostar, la Transatlantique anglaise en solitaire ; en 67, l'intouchable Fastnet ; en 69, il est le marin le plus rapide au monde avec son poulpe d'aluminium à voiles, le trimaran *Pen Duick IV* ; la même année, il traverse l'ouragan Brenda, un souffle cyclonique fort de cent nœuds ; en 69, il est premier de l'arc transpacifique en solitaire, trente mille milles de San Francisco à Tokyo, avec dix jours d'avance sur le second ; en 76, il danse le tamouré, chasse le mouton, prend du bon temps ; en 76, il regagne l'Ostar à la barbe d'Alain Colas, son émule ombrageux ; en 76, il rencontre Jacqueline, une Martiniquaise idyllique, la femme de sa vie.

Il l'épouse en 84, ils ont un enfant, Marie. L'amour humain est aussi la marque du bon baroudeur.

Après ça, la belle vie que la vie d'Éric Tabarly sur les bords de l'Odet, à Gouesnac'h, face au grand océan. Du marin chanceux, Homère écrit qu'il est l'hôte occasionnel d'un dieu aux distractions duquel il doit suppléer, méritant ainsi le génie qui l'emmène au large – au large des heures terrestres, éphémères enjeux des cadrans solaires.

Le 13 juin 1998, en mer d'Irlande, à bord du premier *Pen Duick*, peu après minuit, quelque chose lui arriva…

Voilà dix ans qu'il n'est plus.

Oublié, l'enfant chéri des mers, en 2008 ? Disparu du cœur des vivants ? Refermé ce livre de bord où la gloire a brillé ? La postérité, qui souffre bien souvent d'éclipses, a fait d'Éric Tabarly son péché mignon. Plus il est loin, plus il est là : plus il nous manque. Dire que les Grecs ont pu juger que toute humanité n'était que l'ombre d'un rêve. Il est des ombres et des rêves qui vous collent à la peau longtemps après s'être dispersés, comme la nuit dans la nuit ou l'eau dans l'océan.

Bon anniversaire, Éric, au-delà des bougies terrestres. Conjuguons à l'imparfait, puisque vivre est un mode imparfait, ce destin jumeau du nôtre ou quasi, enfant des trente années glorieuses qui l'ont vu grandir et qu'il a grandies. En d'autres temps, il aurait découvert l'Amérique, les Indes, l'Atlantide, Cathay. Il aurait conquis la Toison d'or et tutoyé Jason, Sindbad ou Jonas, ses alter ego, requinqué les compagnons d'Ulysse aux abords de Charybde et Scylla, ne vivant que pour attirer l'homme au cœur de lui-même, en équipage, en solitaire, là où l'horizon dépend du courage de chacun, tombe ou trésor.

Les compagnons d'Éric, après tout, n'étaient pas tant s'en faut des blancs-becs : Petitpas, Fouquin, English, Fournier, Poupon, Gilles, Guégan, Kersauson, Lavat, Leroy, Tabarly – le père – et Tabarly – le frère –, Troadec, Vanek, Tonnerre, Étienne, mais aussi Quéméré, Pajot, Parlier, Coste, Lamazou, Pinta, Le Cam… La liste ne demande qu'à s'allonger sur les pas des Moïse, après qu'ils ont ouvert la mer et dit : c'est par là… Allez, citons Alain Colas, citons-le maintenant que feu l'équipier prodigue a mordu la poussière de l'orgueil, enfin l'ami d'Éric, enfin.

Fils, petit-fils, arrière-petit-fils de tisserands – appelons ainsi les négociants fortunés dans les textiles –, Éric naît donc à Nantes en 1931. Presque un hasard. La famille est de Blois, le sang breton. À l'école, au lycée, en pension, il fut avec assiduité l'élève le plus paresseux. C'est ainsi qu'il entreprit un long voyage désordonné vers sa bonne étoile, sûr de l'atteindre un jour, étoile de mer ou non.

À Préfailles, en baie de Bourgneuf, les Tabarly ont un joli voilier, l'*Annie*, neuf mètres de long. Suffisant pour les ronds dans l'eau, insuffisant pour monter régater chez les Anglais. La vue du *Pen Duick*, le plan Fife, un cotre noir de cinquante et un pieds, vieux pur-sang à vendre une bouchée de pain sur une vasière de la Loire, tourne la tête au père comme au fils. Il a quarante ans d'âge ? On le rajeunira. Il est délabré ? On l'assainira. On le fera courir, gagner. Tope là. Le voilier ne sera plus jamais vendu ni désaimé. Lorsqu'il s'agira, déclaré *foutu* par Gilles Costantini, l'ami constructeur naval, de l'envoyer reposer dans un mouroir – quelque virecourt de rivière à prunelles –, Éric le ressuscitera *manu militari*, moulant sur la ruine une cuirasse de polyester, une peau neuve insensible aux intempéries. *Pen Duick* est mort, vive le roi… !

Pen Duick… Mésange à tête noire, porte-bonheur. Ce n'est pas lui qui rend glorieux son nouveau maître, et le bonheur n'a qu'un temps. En course il a fière allure, souvent à la traîne. Les Anglais sourient, *old fellow*. Décrocher la timbale en mer n'en est pas moins à vingt ans le vœu premier d'Éric, ex-bonnet d'âne, entré de justesse à l'École navale après avoir servi dans l'aviation, piloté bombardiers et chasseurs en Indochine. À la voile, il applique une devise d'aventurier déboulant joyeusement des nues : *Ça passe ou ça casse*…

Ça ne passe pas ?… Ça ne gagne pas ? C'est bon dernier ? Ça fait marrer les Anglais ? *Pen Duick II* vient au secours du *has been* vénéré, décidément trop lent. Le cadet vengeur, un ketch en contreplaqué renforcé d'aluminium, est un bateau léger à une époque où l'opinion se partage entre chêne et roseau – la puissance à la mer ou l'esquive. Quarante-quatre pieds. Fabriqué chez Costantini pour gagner l'Ostar, une lubie *british* osant s'appeler course au large, en solitaire s'il vous plaît, un jeu mortel de Plymouth à Newport, à dada sur l'Atlantique.

Éric est joueur, s'il faut gagner en mer, un joueur déjà surhumain. À l'École navale, il dort fenêtres ouvertes en plein hiver, au grand dam de la chambrée. Je m'entraîne, dit-il à ses camarades. Et conciliant il fait son lit dans la cour. Les filles ? C'est beau, les filles, c'est doux. Lui, c'est l'océan qu'il veut charmer, quelle qu'en soit l'humeur. Une certaine Miss France a des bontés pour lui… La mer avant l'amour. Il salive au spectacle du baromètre en chute aggravée. Il sort au large à bord de *Margilic*, le vingt pieds des Costantini. Force 10, force 12 entre les Glénan et La Trinité, tempête à gogo… Je m'entraîne !

Parallèlement, il est officier de marine. Il commande l'*Edic 9092*, un engin de débarquement. À quoi peut-il songer le jour où il met au plein son navire en quittant La Trinité ? Il s'entraîne ? L'ingéniosité qu'il montre alors pour le sauver lui rapporte un galon supplémentaire au lieu d'un blâme, ou d'une mission dégradante au fond d'un corridor administratif.

Le 23 mai 1964, départ de l'Ostar. C'est le spi lancé qu'il double ses concurrents. Puis des sorciers funestes cassent tout à bord : loch, réveille-matin, radio, gouvernail automatique, rien ne va plus. Il essuie dépression sur dépression sans quitter la barre, ou si peu, grimpe en haut du mât par trois fois, nourrit un oiseau tombé sur le pont, disparaît vingt-trois jours d'affilée. Black-out. Aucun signe de vie. On le croit perdu. On le pleure. On s'en veut. « *Where is Tabarly ?* », titre le *Daily Telegraph*. Lorsqu'il revient du néant, frais et dispos après la saison en enfer, c'est pour *que l'on signale à maman qu'il va bien.*

Il a gagné la course haut la main, améliorant d'une semaine et trois jours le record de Francis Chichester. Marri, stupéfait, l'Anglais se déclare impressionné par ce tombeur breton si paisible devant la gloire.

Là-bas, c'est un lauréat tête en l'air qui se prête aux mondanités d'usage. Il arrive en Amérique sans visa, sans argent frais, sans chemise ni veston, sans autres chaussures que ses « tennis » de marin. *Riche de mes seuls yeux tranquilles*, comme dit ce pauvre Gaspard. Il reçoit la Légion d'honneur à Washington. Il n'a rien de moins que les escarpins de l'ambassadeur aux pieds. Un fieffé vainqueur ! Enchanté par sa modestie, son humanité souriante – l'humanité s'en fait un héros d'un jour à l'autre, aux quatre cents coins du vent.

Pour ne rien gâcher l'homme est photogénique. *La gueule de l'emploi*, diront les journaux. On dirait Ned, le matelot bravache du capitaine Nemo. Des biceps gonflés à crever la peau. Un visage hâlé de bonne épaisseur, les pommettes saillantes ; une douce inflexion des joues vers une mâchoire carrée ; pas de graisse, pas maigre non plus ; les cheveux ondulés d'un auburn clair ; le front large et bombé, des yeux verts aux pâleurs d'absinthe, une forte arcade et de grands cils ; un nez fort, un petit revers de lèvres narquois éclairant une barbe taillée à trois centimètres du menton. Voilà Tabarly, trente ans, rayonnant à la une de tous les journaux.

Glorieux, oui, mais riche il ne l'est pas, ne le sera jamais. Le vainqueur de l'Atlantique semble n'habiter nulle part. Son chez-lui c'est la mer en bateau, l'horizon. C'est une couchette quelconque où récupérer un moment. C'est une poêle en équilibre sur une flamme à balancier, sauvegardant contre roulis et tangage une platée de nouilles aux oignons. Son chez-lui, c'est toiler la mâture, la surtoiler, c'est le prochain mille à courir, la vitesse au cœur d'un sablier avare de ses grains. Son chez-lui, c'est vivre la mer comme il a toujours voulu, toujours dit, toujours fait.

Du sang-froid sur mer, du sang-froid sous l'avalanche des lauriers, une bonhomie dont s'enrobe la fierté. Ses équipiers sont unanimes à la saluer. Kersauson parle aussi de bonté. Petitpas, d'une incapacité morale à baisser les bras, certes musclés. Loizeau, d'un courage inhumain face à l'ouragan quand *Pen Duick III*, voiles et peinture arrachées, prisonnier d'une mer blanche, comme solidifiée, faillit mourir sur les coraux. Pierre English, de l'acharnement à gagner, que ce soit une course autour du monde, une joute improvisée d'embraqueurs d'écoutes ou le rituel championnat de godille à La Trinité, le jour du Pardon.

La vie devant lui ? Il l'avait, bien sûr. Nous l'avons tous. Marc Linski, Caradec, Gouga, Colas, tant d'autres l'avaient, que la mer s'est permis d'effacer. *Carpe diem*, fils, *et sanabitur anima tua*…

Le deuil de l'océan rend circonspect. Éric parle peu, se méfie des questions, tarde à répondre, et généralement le fait d'un mot lapidaire, lorsqu'on n'y croit plus. Il sait être bavard et rieur à l'occasion. Kersauson, Petitpas, son épouse et d'autres l'ont dit, mais l'image de l'ours mutique reste bien accrochée… Il peut chanter avec ses pairs ou flamber pour eux de mémorables omelettes au rhum. En ville, c'est un compagnon discret. Orgueilleux ? La belle affaire ! Déjà qu'il faut l'être pour avoir les pieds sur terre, alors en mer où la pitié n'a aucune part… C'est l'orgueil du bateau qui lui tient à cœur, le prochain bateau, plus véloce, plus régatier, plus filant. Le bolide jamais vu. L'hydroptère, vous connaissez ? Un trimaran planeur assez aérodynamique pour déjauger, ne tenant plus à l'eau que par des ailerons. Un fend-la-bise-et-les-flots destiné à ne fendre que les eaux bleues d'un rêve éternel aux mille et un *Pen Duick*.

Au bout du compte, une main à six doigts suffit pour les énumérer tous. Pas un qui n'ait un jour fait grincer les dents aux Anglais, pas un qui soit revenu bredouille au port. La mésange à tête noire, la bête noire… La perfide Albion veut lui rogner les ailes. On modifie les règles de course, au besoin. On interdit le gréement goélette quand goélette elle triomphe, en 67, coup sur coup vainqueur de la Morgane Cup, de Sydney Hobart, de la Channel Race ou du Fastnet. On interdit le lest en uranium après qu'elle a regagné l'Ostar en 76, on chicane l'arrière, l'avant, l'âge du capitaine… On interdit, mais Éric innove dans la foulée, opposant aux coups bas des *Rosbifs* (*sic*) une longueur d'avance, une intuition d'avance et ce grain de malice qui confine au génie. Veinard mais aussi plus doué. Les ballasts, hein ? La Transpacifique de 69, *Pen Duick V*, six mille milles en trente-neuf jours et quelques poussières d'écume azurée.

Après 78, Éric prend moins souvent la mer, ou plutôt s'accoutume aux attraits du bord de la mer.

Il fait remonter pierre à pierre une demeure ancienne à Gouesnac'h, au bord de l'Odet. Il paraît se résigner au bien-être du méridien local, entre ses deux amours à visage humain. Jacqueline, Marie, noms plus vastes et précieux que celui d'un bateau, fût-il *Pen Duick*. Trois amours avec Anne, première fille de Jacqueline. Désormais, quand il n'est pas chez lui, une femme aimée, des enfants aimées, une maison l'attendent, un havre de bonheur familial au pied duquel vivent les flots, sa mémoire d'enfant, son rêve inconsolé. Il va bavarder au bistro du village, il a des chiens, des copains, il s'intéresse à la peinture, aux couleurs des hortensias.

Mais qui peut empêcher Tabarly d'embarquer pour un dernier verre, un dernier océan, le der des ders… À soixante-sept ans, ce géant d'un mètre soixante-dix éprouve encore le besoin d'être étonné par l'horizon, d'explorer du nouveau.

Juin 1998. *Pen Duick Ier* est attendu en Écosse à Fairlie, pour la parade exceptionnelle des quelques Fife ayant encore le pied dans l'eau. Ils rappliquent du bout du monde, Suède ou Venezuela. Le jeudi 4, *Pen Duick* appareille de La Trinité ; le 9, il est à Newlyn en Cornouailles, bloqué par le mauvais temps ; le 12, il arrondit Lizzard et Land's End et fait route au nord, vent portant, l'Écosse au bout du méridien. Force 6, un souffle puissant. C'est bien. Ça avance. *Ça fait du bon bateau.* Brise et courants lèvent un clapot dur, désordonné. C'est moins bien. C'est épuisant. Ça rend fou. À bord un équipage disparate : outre le capitaine après Dieu, un couple de Suisses, un ancien marin militaire, et l'éternel ami d'Éric, le photographe Erwan Quéméré, grand navigateur. Dans la soirée du 12, le vent forcit. Mieux vaudrait établir la voile de cape. On y va, tous… Il fait noir, la mer invisible danse un chahut sous le bateau. Erwan est à la barre, Éric à la manœuvre, attaché bien sûr que non.

Le 13, juste après minuit, quelque chose lui arriva.

1

J'ai connu la légende avant que Tabarly fût un nom prestigieux sous tous les climats. Légende un peu foutraque, enracinée dans les on-dit qui font la navette au gré des souffles locaux entre Nantes et Saint-Malo, via les îles du Morbihan, du Ponant. Il se disait qu'il avait gagné ici, là, et même là-bas, sur des bateaux dont les Saints d'Hibernie n'auraient pas voulu. On lui prêtait les yeux fermés les sept mers, les trois caps, et tous les courages. Il habitait nos rêves irisés d'enfants, plus fort et plus beau que l'Anglais Chichester, vainqueur de l'Atlantique en solitaire avec son Gipsy. Une sacrée légende, une sacrée belle histoire de marine imaginaire échafaudée par des gosses qui foulaient tous le plancher d'un bateau, barque ou voilier, et se risquaient parfois à regarder les merveilleux nuages, au loin, sur l'horizon.

C'était les années 60 et je me rappelle un âge d'or. Mon père aux yeux d'un bleu féroce, ma mère inusable au travail, la plus aimante que fils ait jamais eue. Mes frères et sœurs plus ou moins fous, marraine exaltée, le teint cireux d'avoir tant fumé, l'océan trempé de brume, les yeux innombrables du soleil, la pluie, ma chère pluie. Les mois d'été s'éternisaient à l'Aber-Ildut, en Armor, face à l'ouest ; on trouvait des canons sur les grèves, des blockhaus effondrés, des cadavres d'oiseaux mazoutés, des torpilles mauves et comme ulcérées par la rouille, vestiges de sous-marins nazis : des bribes de sous-marins, des gouvernails, des chaloupes, des étraves rivetées, des écubiers et des ancres ; une salle des machines brillait, louche, entre deux eaux, à marée basse, par fort coefficient, pièce détachée d'une guerre dont la main-d'œuvre avait fui. La vie me faisait l'effet d'un paradis conçu pour moi, pour les miens, pour toujours. Les gabares, les voiliers, les îles, les filles qui sont des îles, c'était si beau. Le cercle bien fermé des heures s'attachait au poignet des grands. De temps à autre quelqu'un mourait. Grand-mère de l'Aber, tiens, elle mourut.

2

Enfants nous nous ressemblions, Éric et moi. Déjà nos mères avaient le même prénom, Yvonne, le plus sacré qui soit en Armor. Nous aimions nos mères, nous aimions la mer d'un instinct filial. En classe, Éric dessinait des bateaux sur les pages de ses cahiers, moi aussi. Il était paresseux, moi aussi. Le désespoir de ses maîtres – et moi donc !... Il passait l'année loin du littoral, l'océan lui manquait, moi j'habitais Paris. Je comptais les jours avant Pâques, avant juillet. Mon cœur battait violemment quand le Paris-Brest, après les interminables arrêts mayennais, atteignait la péninsule armoricaine où le bleu gagnant sur le vert frétille aux environs du Val-André, disparaît jusqu'à Landernau, renaît après une lente approche de tortillard à travers un défilé digne des Rocheuses – celui-là cacao, taillé comme au burin –, puis se fait horizon, plénitude au dernier moment, terminus.

La mer était son jardin secret, la mer était mon jardin, mon cri, mon secret. Il arpentait les grèves, retournait les galets, saisissait les crabes à la nuque, piégeait les rusés couteaux enfouis des sables vasards, contemplait le pas à pas des marées dans les plis et replis des vasières craquelées, rentrait à pas d'heure, les orteils coupaillés, retournait se balader au port, chez lui sur tous les canots et youyous, familier des gens de mer qui l'avaient à la bonne, ce petit frère de la côte, leur semblable, et régulièrement lui refilaient une godaille, un crabe, un poisson, un chewing-gum.

Il fabriquait des bateaux, moi aussi. On ne longe pas la mer au-delà des plages civilisées sans que Sindbad vous emboîte le pas, et la conversation s'engage insensiblement. Et Robinson vient en renfort, tu dois partir, mon gars… Le loin c'est ici, le près c'est là-bas, tu dois partir là-bas. Là-bas c'est plus près qu'ici… La guerre met à la disposition d'Éric ses lièges, ses bouées, des cordages, il en fait ses premiers catamarans, premiers *Pen Duick* sans nom. Plus modestement, pour mes radeaux enfantins, je marie le bric et le broc des barques antiques retournées sous les mélèzes du jardin familial, tout fier que ces pouilleries hors d'âge, dalles funéraires de chiens dont le dernier m'a mordu, tiennent la mer une minute ou deux, moi dessus.

Il joue avec la flottaison aléatoire des objets récupérés ici et là. Je n'en fais pas d'autre et j'ai besoin d'être seul. J'imagine, je pars, je reviens. Ma tête ignore où va la mer au-delà du cercle des choses visibles : après c'est un miroir labyrinthique où se réfléchissent l'imagination pure de l'enfant, ses mythologies floues, ses rois nus, ses îles sous le vent, ses perroquets pince-sans-rire, ses naufragés mangeurs d'ananas, encagés dans l'œil d'un océan vide, et tous ceux que l'on cherche à devenir, déjà.

Éric ne les décevra pas ; moi, si.

Il aimait la marine, la Royale en grande pompe, le cérémonial sonnant des flottes de combat, gardiennes des traditions d'honneur. Il se voyait amiral. Amiral, quand on est rêveur en classe !... Je me voyais amiral et j'étais rêveur en classe, prié de rêver un cran plus bas. Cette amirauté bon chic, ma mère la réservait à mon frère Hervé, matheux émérite, les traits fins, la voix douce, une prestance d'aspirant. Rêveur mais appliqué, studieux. Moi, large d'épaules, costaud, les oreilles décollées, rigolard, branleur, c'est du côté des *tramps* qu'elle cherchait à m'aiguiller : les cargos, les rouliers, la *marchande* qui se parfume au gazole et boit son pinard en rotant. À mon frère la cape et l'épée sur les hauteurs de Brest reconstruit. À moi, les grues, les docks, la remontée boueuse des grands fleuves africains et les filles en veux-tu en voilà. Les mères ont de ces idées, les Yvonne occupées à tirer des plans sur la comète… Il n'empêche qu'Éric fera bien l'École navale et que moi…

Je n'ai pas la présomption, la bêtise ou l'orgueil, comme on veut – ou les trois –, de me comparer à lui dans cet ouvrage. Nous avons de nombreux points communs, c'est tout, dont la timidité. Il me fait l'effet d'un sosie lorsqu'il regarde la mer, petit, l'oreille tendue à ses voix secrètes. C'est plus tard que le sort nous attire à lui par des chemins ô combien divergents, les miens revenant toujours à terre prématurément, les siens retournant à l'eau, toujours…

J'ai voulu raconter ici comment deux sensibilités si proches, concordantes, finissent par sembler étrangères au regard des faits. Au début nous marchons côte à côte, Éric et moi. Nous poursuivons le même but. Puis il allonge son pas géant. C'est un géant. Sa tanière autour du monde a pour nom *Pen Duick*, c'est à vol de mésange qu'il fait le tour du destin.

3

Que je vous dise en passant dans quelles circonstances je suis monté la première fois sur le *Pen Duick* – bateau six fois réincarné, toujours aussi *Pen Duick* d'un avatar à l'autre. Un soir de juillet 68, j'arrive à l'entrée nord du raz de Sein, par coup de vent fraîchissant. Nous sommes quatre à bord du *Malourène*, un cotre marconi de type Émeraude, dix-huit pieds.

Autour de nous c'est la fin du monde, un pataquès climatique assez fréquent dans la région, mais chaque fois terrifiant. Brume, rafales, mer tourneboulée, crépuscule ni chien ni loup dans un ciel dépourvu d'horizon. J'ai probablement négligé d'écouter la météo. Grand-voile affalée, nous portons un grand foc rouge en l'absence de tourmentin.

Le courant porte au sud, le vent porte au nord. Une ombre fondue s'étire à gauche – la pointe du Van. À droite, c'est l'îlot Tévennec, une chaumière lugubre parmi les brisants. C'est un bateau ivre que j'ai sous les pieds, au milieu du raz, et même ivre mort. D'un homme, on dirait qu'il se tape la tête contre les murs, s'effondre et recommence. Le vent faisant face au courant, les vagues escarpées déferlent sur notre arrière et le cockpit se remplit d'eau. Aucun d'entre nous n'a son ciré. Grelottants, nous écopons à la casserole, au seau, à la moque de raviolis. J'enverrais bien les fusées, mais elles ont participé la veille aux illuminations du 14 Juillet dans l'anse de Camaret. C'est ainsi qu'on se fait mal voir des sauveteurs bretons, la bonté même au demeurant.

Voici le phare de la Vieille à gauche, un fantôme assorti d'un bébé fantôme, la Plate, le meilleur des alignements pour arrondir la pointe du Raz. Ma première idée, quittant Camaret, était de porter une bouteille de vin blanc au gardien du phare, opération qui suppose le doigté féerique d'un pilote local, par calme plat. Le calme n'est jamais si plat, aux abords du phare, qu'il autorise un voileux farfelu à s'improviser sommelier au pied des roches.

Nous sommes dans les très vilains draps de la tempête au crépuscule, environnés de périls invisibles qui ont pour nom Basse-Froide ou Trépassés. Nous rattrape alors un pétrolier qui cherche à la côte un chas d'aiguille où se faufiler. Quelques encablures nous séparent de lui. Il est aussi vert que la mer est noire, ou blanche, ou blanche et noire, à tour de rôle, ensemble. Naviguant lège, il est aussi ballotté qu'un esquif de canotage mondain. Pas mieux qu'un Goliath subissant les aléas d'une mer démontée pour me faire toucher du doigt l'inconvénient majeur de circuler au même endroit, au même instant, sur un bateau mille ou cent mille fois moins grand.

C'est bon, nous allons mourir. J'ai déjà connu cette impression, enfant, dans un grand magasin. Le feu avait pris au rayon des luminaires, un soir d'affluence, et la foule m'écrasant contre la porte fermée qui n'ouvrait d'ailleurs pas sur l'extérieur, je dus mon salut à la puissance titanique de ma grand-mère, arc-boutée dos à la meute, autant pour me protéger que donner aux pompiers l'occasion d'entrer. Merci, grand-mère…

Ce *nous allons mourir* m'échapperait aussi, bien des années plus tard à bord d'un avion désemparé : encore le feu. Rien d'extraordinaire au fait de croiser régulièrement son destin quand on explore un *carpe diem* ennemi des routines. Qu'est-ce qu'il a fait d'autre, Éric, durant soixante-sept ans, si ce n'est s'accomplir de tout son cœur entre partance et retour ? Il a fini par rencontrer l'amour de sa vie, j'oubliais. Homme heureux, le marin que sa tribu terrienne attend à la maison, en cercle autour du feu.

Le pétrolier nous doubla. Sa lanterne de poupe blanche fut la seule tache visible dans l'obscurité. Passez-moi l'expression : elle avait l'air d'un crachat, d'un crachat photogène ondulant dans les ténèbres, s'effaçant, revenant. Un *débrouillez-vous les gars* sinistre, un bras d'honneur, un adieu. Ce fut ainsi que je vis minauder sous mon nez dégoulinant la dame à la faux, dans les tonalités chimériques de ce rendez-vous ni désiré ni prévu. Rien à voir avec le souvenir criard de mes lectures illustrées d'enfant, quand c'était les autres les naufragés – les péris en mer.

J'en suis là. Je n'y crois plus. L'eau m'arrive à mi-mollet. Aucun engin de survie à gonfler. Ça passe ou ça casse, dit l'autre, l'aîné, le grand frère, le Tabarloche. Ça ne passe pas, ça se passe mal, c'est à dégueuler. On peut éprouver ensemble les affres du mal de mer et du mal de mort. Au point où nous en sommes, on pourrait sans rien aggraver clamer le mot sacrilège, le mot catastrophique à bord d'un bateau :

— LAPIN.

Aucun d'entre nous ne songe à dire :

— Lapin !

Pour évoquer un souvenir aussi intime que la peur de mourir, on s'efforce au naturel. Peu ou prou, l'emphase attendrit les cordes vocales, désolé. Le *Malourène* héberge en cet épisode ultime une asthmatique de seize ans, que ses parents croient chez sa correspondante allemande en Poméranie, un bachelier phénomène qui se destine aux fins calculs de l'irradiance, un gros régatier mythomane et rougeaud, soi-disant vainqueur du Fastnet comme du rallye d'Argenton sur Vaurien, mon copain Pedro Girard chez qui le sourire est la politesse de tous les face-à-face avec l'impondérable, qu'ils soient avantageux ou non.

Pedro ne sourit pas. Il a cessé d'écoper, les bras ballants, une main crispée sur la moque de raviolis, il semble dormir les yeux à moitié fermés. De temps à autre les chocs de la mer le font sursauter. Moralement, je voue aux sodomies les plus abjectes le capitaine et l'équipage de ce pétrolier passé à nous frôler, qui se foutent éperdument que nos cadavres d'estivants à liquette hawaïenne soient bouffés par les crabes, pendant qu'ils se soûleront la gueule au port de Lorient.

Et *Pen Duick* ? C'est vrai, *Pen Duick*, j'y viens…

4

Lorient, nous y sommes deux jours plus tard, en milieu d'après-midi. Nous remontons au moteur entre les quais du port de pêche et l'île Saint-Vincent, venus pour la réparation du foc, déchiré lors d'une manœuvre en catastrophe. Il fait doux, bleu ciel.

— Tu as vu ça ? dit Pedro.

Pen Duick IV est embossé à quai sous des réservoirs de mélasse à betteraves qui puent allègrement. Devant lui, le chalutier pélagique *Chevalier Paul*, tout rouillé. Derrière, purgeant ses ballasts à grands jets, son bulbe d'étrave hors de l'eau, l'écubier ruisselant sur l'ancre à pic, un immense pétrolier en qui je reconnais aussitôt mon, notre, leur pétrolier. Il s'appelle *Octane*. Un Italien. Il semble nous faire de l'œil. Sans réfléchir, je tire la barre à moi et ne trouve pas meilleur appontement qu'un flotteur du trimaran *Pen Duick IV* pour me rendre à terre. Interdit ? Sûrement. L'interdit n'est pas automatiquement la priorité du marin quand il vient dire merci.

— *Grazie mille*, commandant.

— Pas de quoi ! répond-il, l'air malicieux.

Nous sommes à la passerelle du navire, installés dans les fauteuils de quart. Il est petit, basané, le front dégarni, le favori poivre et sel. Il porte une chemise blanche impeccable, sans cravate. Pedro et moi apportons le muscadet prévu pour le gardien du phare de la Vieille, mais il tient à déboucher pour nous une bouteille d'*asti spumante*, en souvenir de la belle soirée dansante que nous avons passée deux jours plus tôt. Il se demandait comment nous allions nous en sortir. Il lançait des appels radio, en vain. Inutile de mettre à l'eau une quelconque chaloupe avec cette mer pourrie. Alors il avait imaginé un stratagème, et franchement il préférait ne pas voir la tête de l'armateur, s'il lui prenait la fantaisie, un jour, d'examiner le journal de bord. Quoi qu'il en soit, nous trinquions avec lui, preuve qu'il avait bien fait de jouer le tout pour le tout.

— En France, on dit : l'avoir échappé belle, commandant.

Il sourit :

— *Bellissima*...

Rappelez-vous. Notre voilier se remplissait d'eau. Tout ce qu'il y avait d'animal en moi se rebiffait contre la suite prévisible de cet instant qui prendrait tous mes souvenirs et n'en laisserait aucun. La tempête avait sur mes nerfs l'effet d'une endorphine, et je ne crois pas mentir en disant que j'avais sommeil. Cramponné à la barre du *Malourène*, j'avais du mal à garder les yeux ouverts, et il me restait au mieux quelques minutes à vivre.

Hébété, je reprends conscience. On me crie en plein visage. Pedro parle d'un *truc rouge*, devant. Un truc rouge, mais aussi des trucs blancs. Une île ? Un port ? Pedro se remet à écoper. Le mythomane se remet à écoper. L'insuffisante respiratoire rouvre les yeux et bâille en grand. Les mouvements du bateau sont plus doux, comme si la trinquette acceptait enfin de nous tracter dans la direction choisie par le gouvernail. On se rapproche du *truc rouge* lorsqu'il disparaît, cédant la place à un gros œil blanc qui se balance à cent mètres de nous. Un feu de poupe, j'en suis sûr. Le pétrolier, je dis à Pedro, qu'est-ce qu'il fout ? Le feu blanc disparaît, le feu rouge est là, auréolé des reflets livides de la passerelle. Feu rouge, feu blanc. Ça y est, j'ai compris. Le pétrolier louvoie pour aplanir la mer. Il interpose un brise-lames entre le suroît et nous ! Procédant par zigs, par zags, il nous emmène à la sortie du Raz. Mère poule et poussin. Sauvés… Il s'en fallait d'une chance de tombola. Quelle probabilité de naviguer en ces méandres côtiers, interdits aux grands navires, de conserve avec un pétrolier italien n'ayant cure de la réglementation ? Un pétrolier saint-bernard.

En eaux libres, chacun part de son côté, lui la pointe de Penmarc'h, nous Saint-Évette, l'avant-port d'Audierne, à dix milles au sud, épaulés cette fois par le suroît. En arrivant, nous ferons une entrée si rapide à la voile que nous arracherons le foc au cul d'un chalutier pour venir au vent.

Quand nous quittons l'*Octane*, nous avons beaucoup bu, beaucoup arrosé l'éternelle amitié entre les Italiens et les Bretons, les Latins et les Nordiques d'Armor. Vous découvrez l'Amérique avec le Génois Colomb, nous Terre-Neuve et le Labrador avec le Malouin Jacques Cartier. L'un cherchait les Indes, l'autre le Cathay mirifique, la Chine du Nord. 1492 pour Colomb, 1497 pour Cartier. Nous sommes quittes ?… Nous serons quittes le jour où c'est nous qui vous sauverons la vie, commandant. *Arrivederci.*

De nouveau traversé *Pen Duick* pour rentrer chez nous. Peut-on parler d'un voilier ? Le trimaran a piètre allure, ainsi démâté, symbole de la faillibilité du marin que je préfère au monde, le seul auquel je veux ressembler. C'est le premier des *Pen Duick* malchanceux, le pire adjectif pour blâmer un bateau. Lui, le fort, le véloce, le narquois, l'imprévu, sorti des chantiers La Perrière où l'on assemble les tôles des navires de combat français. Lui le pur-sang, vaincu deux fois coup sur coup : la transatlantique anglaise en solitaire et la Crystal Trophy. Il a ruiné son maître, il l'a humilié. Les mécènes ont conservé par-devers eux les gros sous des contrats nuls et non avenus en l'absence de traversée réussie. C'est un voilier défait qui frémit sous mes tongs. Est-ce qu'il frémit ? Enfreignant les règles de courtoisie – que j'ai toujours enfreintes sur les bateaux sans occupant, et ce depuis l'époque où, gamin, je m'appropriais la nuit les sabliers du port de l'Aber-Ildut –, je vais m'installer à la barre de *Pen Duick*. La timonerie. J'ai pour cap l'avant du bateau. Durant quelques instants, je suis Éric Tabarly. J'imagine la perplexité qui l'étreint lorsqu'il démâte ou perd son gouvernail, ou quand une collision nocturne avec un cargo le jette hors de sa couchette. Et si, par malheur, ce navire était un navire de malheur ? S'il avait la poisse ? On aura la réponse avec Alain Colas dix ans plus tard, en 78, quand *Pen Duick IV* rebaptisé *Manureva* disparaîtra corps et bien, comme subtilisé. La mer magicienne, à ce jour, n'a pas expliqué son tour de passe-passe, et tous les bruits ont couru. Il reste encore aujourd'hui quelques imaginatifs saturniens pour lesquels le grand marin boiteux, malade, mortifié, s'est trouvé la planque insulaire et l'arbre à panacée.

J'ignore pourquoi ces minutes volées sous le crachin, à la barre de *Pen Duick IV* ont pris une telle valeur à mes yeux. Ce soir-là j'étais Éric Tabarly, comme un comédien se fait Rogogine ou Malade imaginaire, ou Torquemada, ou le plus saint des saints. J'étais moi, j'étais lui : le meilleur capitaine à voile du moment, le meneur d'hommes sans pareil, le baroudeur adulé, celui que les Anglais, sous cape, tenaient pour imbattable. J'étais lui, j'étais moi sur ce voilier qui sombrerait bientôt on ne sait pas où.

Un bateau phénomène, pourtant, malgré ses débuts légèrement catastrophiques, dus tout simplement au proverbe à double tranchant : ça passe ou ça casse… Et ça vous ruine un marin. Quand Éric le vend à Colas, forcé par les tracas financiers, le trimaran vient d'étonner son monde. En traversant l'Atlantique, il a pulvérisé les records de vitesse établis, agile et malin dans les petits airs, félin dans l'alizé, dépassant régulièrement les vingt nœuds. Dix jours et demi pile, onze nœuds de moyenne, pour rallier Fort-de-France, parti des Canaries. Défié par les Américains il a battu le grand maxi *Windward Passage* sur l'Arc pacifique Los Angeles-Honolulu. Et l'Ostar qui l'avait vu contraint à l'abandon, en 68, le verra triompher en 72 entre les mains d'Alain Colas. À croire que l'instinct d'Eric lui soufflait que le trimaran finirait mal, tout rapide et grisant qu'il fût.

Pen Duick Ier

5

Éric naît à Nantes en 1931 dans une famille patricienne, pieuse, catholique. Il a la chance de pouvoir compter sur des parents chez qui les valeurs claniques de la transmission nourrissent les sentiments. La mère aime son foyer. Après Éric viendront Annick, Patrick, Armelle. Le père aime son foyer mais aussi l'océan, les voiliers, la régate. Pour lui c'est en bateau que se cherche la rime au *rien* sempiternel des philosophes. S'il aime la mer, son fils aîné l'aimera, et c'est lui qu'il chargera d'en faire le tour à la voile.

Les Tabarly ont un yacht, l'*Annie*. Célèbre, Éric aura beau jeu de rapetisser l'*Annie* par sa manière d'en parler, une barque pontée, un sympathique voilier gréé en cotre. Il oublie les vingt pieds qu'elle mesurait. Neuf mètres hors tout, type marconi. En Bretagne, avant la guerre et d'ailleurs bien après, six mètres de long faisaient de tout voilier à rouf, couchettes et réchaud, un navire bourgeois, un yacht. Dans les ports du littoral breton, Portsall, Argenton, Le Conquet, Camaret, l'Aber-Wrac'h, se remarquait l'un de ces luxueux croiseurs, généralement seul parmi les canots ouverts, généralement blanc, le nez pointé vers le bout du monde. On l'approchait à la godille. Il avait son nom fixé en lettres de laiton sur une plaque de bois verni. Laiton pour le quartier maritime, laiton pour les balcons. Le corps passé entre les filières galvanisées, le nez écrasé au hublot, on essayait de voir à l'intérieur. Dans la pénombre se distinguaient des silhouettes de casiers ou celle d'un moteur hors-bord couché sur une banquette. L'imagination allumait une lampe à pétrole, installait un marin hirsute à la table à cartes et la bonne aventure s'enclenchait…

Combien j'en ai vu, de ces gosses émerveillés scruter l'intérieur du yacht par ses hublots empoussiérés ! Moi-même, d'ailleurs, quand un *bel Anglais* se présentait au port de l'Aber et cherchait les services d'un godilleur local, que n'aurais-je donné pour visiter le *sweet home* à voiles et partir dessus, loin !

À Préfailles, au port aux Goths, l'*Annie* n'est donc pas ce brave barlu dont Éric parlera le sourire au coin des lèvres. Les photos parlent d'elles-mêmes. Le père, chemise blanche, pantalon blanc, casquette blanche à galon d'or, est un authentique yachtman – ils sont une poignée en France, entre les deux guerres. Éric, à la barre, a tout du fils de yachtman qu'il est bel et bien. On peut ajouter sans erreur : fils de bourgeois. Le mot fait peur à propos d'un marin désintéressé comme il l'était. Rassurons-nous en précisant que la fortune des Tabarly, acquise à travers trois générations dans le négoce des textiles, grâce aux balzaciennes alliances d'un veilleur de nuit avec la fille du patron, va s'amoindrissant à la naissance d'Éric, d'un successeur au suivant.

Le tutélaire Maurice, son grand-père, parle haut et fort de moralité, de tempérance, de courage et d'économie, tous mérites qu'il n'a pas dans son jeu. L'argent lui brûle les doigts. Quand il s'adonne au ball-trap, sport de châtelain où il excelle, c'est sur la porcelaine de son vaisselier. Guy, le père d'Éric, tempérament moins dispendieux, n'en est pas moins un bourlingueur contrarié. Pourquoi être ici quand on peut être ailleurs ? Pourquoi ce métier plutôt que celui-là ? Il monte à cheval, à moto, il navigue, il ne tient pas en place, il emmène sa bougeotte aux quatre coins du monde, pour finalement repiquer au négoce du textile, eu égard à cette famille qu'il agrandit et qu'il aime tant. C'est lui qui va l'acheter, l'*Annie*, lorsque Éric a six ans. Il n'est plus temps de jouer les *lonesome sailors* répondant à tous les appels de l'horizon, mais on imagine aisément qu'il ne fait pas entrer par hasard ce voilier chez lui. Ses rêves inachevés, c'est Éric, avec l'arrivée d'*Annie*, qui en devient symboliquement l'héritier. Comme disait mon grand-père à moi, Henry Penau, grand navigateur à misaine : je te plaindrai quand j'aurai le temps.

L'été, les Tabarly partent en croisière sur l'*Annie*. On ne traverse pas les océans, on longe les côtes bretonnes, un exercice nautique autrement périlleux que mettre cap à l'ouest vers la Caraïbe.

Ce n'est pas un yacht que j'ai eu pour premier voilier, mais une plate. Aucun déshonneur. Je suis sûr qu'Éric a dû godiller plus souvent qu'à son tour sur ce genre de caisse à savon. La plate bretonne est fabriquée maison par le pêcheur. Il perd son chien, transforme la niche en engin flottant. Ça flotte, oui, et ça reste au corps-mort quand on est en mer. On peut tout lui demander, à la plate bretonne. Elle grince, gémit, fait eau, les pointes rebiquent au fond, l'aviron qui la meut est un bout de bois grossièrement taillé, ficelé de fer. On la calfate, on la goudronne, on la cloue et recloue, elle fait eau quand même. C'est une sympathique passoire, toujours d'attaque. En fait, on ne sait jamais trop à quel moment elle va se résoudre à couler. Et tant qu'elle ne l'a pas décidé, ma foi… On interdit bien sûr aux gosses de l'utiliser. Il est des parents assez naïfs pour interdire quelque chose à leurs enfants.

À l'Aber-Ildut, j'ai le choix entre la « plate à Tepot » et la « plate à Jacob ». Ces deux sous-marins sont aussi différents qu'une vache et sa sœur jumelle. J'emprunte équitablement, avec un faible pour la jumelle Tepot. Il n'est pas râleur, l'homme au chapeau de paille, du moment qu'il trouve sa plate au corps-mort, quand il revient du large. Et même s'il ne la trouve pas, il prend la chose du bon côté, celui des gosses. Jacob est moins prêteur, il fulmine, rougeoie, promet des beignes aux voleurs de plates…

Éric a six ans lorsqu'il barre un yacht à voiles de neuf mètres entre Pornic et Noirmoutier : j'en ai six quand je fais mes croisières en plate de l'Aber à Toul-Ar-Bara, les deux cales de granit du port naturel où le bonheur m'attend, chaque été, pour trois mois pleins. Il n'y a pas un mille marin entre les embarcadères – ou débarcadères –, mais c'est bien assez grand pour une rêverie d'enfant qui parle seul en godillant, persuadé qu'il a sous les pieds le plus long-courrier des vaisseaux.

Un jour où ça souffle fort, je trouve malin de changer la plate en voilier. J'installe en guise de mâture un aviron doublé d'un manche à balai. J'établis pour grand-voile latine la vieille gabardine Oxford de mon grand-père Henry, un bourgeois lui aussi. Cap nulle part ! Le noroît m'emporte vers le chenal du Crapaud, un goulet qu'il n'est pas question de franchir à mon âge, pas plus qu'on ne peut commettre un péché, qu'il soit véniel ou pendable. Grand bourgeois mon grand-père, grand catholique incroyant, féru des somptueux principes de la Loi. Mon yacht filoche à la dérive, un bon nœud grand largue, une mâture de traviole, une voilure comme on n'en fait pas. Je suis frigorifié, aux anges, et penché par-dessus bord, je cherche à voir le remous gonflé par la proue carrée. Ah, voilà le spectacle édifiant du large livré à la castagne des courants et du vent.

La mer… Une fournaise livide, hurlante, une gueule de four comme il s'en ouvre pour les enfants dans les histoires de fées. Barre à tribord, à bâbord, sauve qui peut ! La plate se met en travers du clapot. Il y a de la houle en masse sous le clapot, le premier bercement d'une onde qui se disloque en lames déferlantes et rage à l'intérieur même du goulet. Panique, désespoir, contrition. C'est ma faute, ma très grande faute, je vais être châtié, noyé. J'arrache la voile Oxford du manche à balai, je godille éperdument pour me sortir du pétrin. L'Aber est derrière moi dans le lit du vent, la plate n'avance pas. Je pare au plus pressé, tant pis pour le point de chute ! C'est une épave remplie d'eau qu'une vague rejette à la côte entre deux caillasses goémoneuses vers Toul-Ar-Bara, je ne sais où, un coin sauvage à l'ombre, battu par le vent glacial. Mon premier naufrage, s'il vous plaît !

J'ignore évidemment qu'Éric a presque fait la même erreur que moi, au même âge, et qu'il a bien failli n'en jamais revenir. J'ai péché, je suis puni. J'ai quitté la maison en douce, subtilisé la plate du pêcheur, par un temps de chien, j'ai massacré une gabardine toujours prête à rendre service à quiconque, enfin je me suis approché du goulet, sacrilège ultime… Pitié, sauvez-moi, pardon !

J'apprendrai sous peu que la chambre de ma grand-mère, au premier étage de la maison, est un sémaphore aussi bien orienté qu'un blockhaus sur la dune. Ma grand-mère est soupçonneuse. Elle possède une jumelle marine héritée d'un aïeul officier. Elle surveille avec la délectation d'une vigie voyeuse les mouvements des bateaux. Elle en sait long sur les uns, sur les autres. Mon cousin Yves annonce qu'il part faire un tour à bicyclette, mais c'est au fond d'un canot à l'ancre au milieu du port qu'elle le voit, flirtant avec la fille de l'Économie bretonne. Elle ne va plus à l'Éco, s'enquiert auprès d'Yves s'il a vraiment la conscience tranquille, interdit les sorties à bicyclette, en bateau. Bonne catholique, elle aime interdire, prendre en faute, humilier publiquement les fautifs, accorder son pardon. En attendant, c'est grâce à la jumelle de l'aïeul que je vais regagner sain et sauf le monde civilisé, ce jour-là. Ma grand-mère a tout vu… Depuis une heure, c'est le branle-bas, à la maison, et l'on cherche une bonne âme de navigateur assez hardi pour aller me chercher là-bas où l'on me distingue à peine : c'est la plate noire qui tient lieu d'amer, de l'autre côté du port.

Mon sauveteur est une sauveteuse, madame Rousselle, notre voisine, ma grande amie. Elle m'apprend à pêcher, à réussir les nœuds marins et les épissures à quatre brins, à calfater les bateaux, les rafistoler, les aimer quels qu'ils soient comme des yachts. C'est une marinière de soixante ans, malheureuse en amour, jamais épousée, qui finira par trouver que l'alcool a du bon et par y trouver sa voie. Son canot de sauvetage, une barcasse obsolète qu'elle a plus ou moins fabriquée elle-même, n'a guère meilleure mine que mon rafiot.

— Bonjour, madame Rousselle, je suis désolé.

— Allez, monte, mignon ! C'est souquer de retour qu'il faut !…

Elle le pense en breton, le dit en français avec l'accent. Revenu à bon port, elle m'invite à boire un large café au lait sous son toit. Ma grand-mère n'ose lui refuser ça. Je ne perds rien pour attendre. De nouveau chez les miens, c'est tout juste si je ne suis pas tenu de rendre la collation.

Quelques années plus tôt, à Préfailles, Éric s'en va pêcher à la traîne en périssoire, la belle idée. Je parie qu'il transgressait un interdit parental avec délices. Il y a toujours dans les pattes folles d'un enfant une grande personne qui dit et redit : non, casse-cou… Pour autant, il ne cède pas un gramme de cette folie, il y tient comme à sa peau, ses os, la prunelle de ses yeux. Bonne glisse, la périssoire, une toile de caoutchouc tendue sur une carlingue effilée au ras des flots. Périssoire est son nom, car périssable est l'humain qui s'imagine en sécurité dans ses flancs. On ne rame pas : on pagaie le buste droit, gare au chavirage !

Éric arrive au large et met sa ligne à tremper. Il fait beau, il rêvasse, il découvre au bout d'un moment que sa périssoire évolue sous la surface de l'eau, étanche à la manière des périssoires médaillées de rustines à moitié décollées. De pêcheur il devient poisson, un poisson dont la nage, à sept ans, laisse à désirer. Il a juste l'occasion d'avoir peur. Un canot à moteur providentiel le ramène au rivage. Ah ! si les enfants écoutaient à temps les grandes personnes, quelles périssoires et quels périls ne s'épargneraient-ils pas. Si Tabarly, le 2 juin 1998, veille de son grand départ sur le *Pen Duick*, avait écouté la voix prophétique de Jacqueline lui disant « n'y va pas ! » au lieu de répéter mécaniquement « si, j'y vais ! », et d'y aller bel et bien, vers ce 13 juin 1998, par 51°18' N - 5°53' W, dans les eaux de minuit.

6

Gageons qu'il s'en doutait, mais depuis trop longtemps pour avoir l'œil fixé sur le sablier. Il semblait jouir d'un crédit sans limite auprès des âmes topiques du voilier. Des tasses il en avait bu quelques-unes, et s'il les avait recrachées c'est qu'il recracherait les autres… Le destin pardonne un moment, rôde, repart, il a d'autres chats noirs à fouetter. Régulièrement, il se rappelle au souvenir du marin pour lui chuchoter à l'oreille une suggestion glacée : n'en fais pas trop, l'ami… Il est aveugle pour les fautes graves, souvent, mais il hait l'étourderie qu'il fustige à mort, souvent. Il est comme ça.

Éric n'a pas huit ans, le jour où son père l'emmène voir un croiseur de plaisance à Basse-Indre, boucle endormie sur la Loire, en aval du château des ducs de Bretagne. À marée haute, le bateau flotte au milieu des roseaux ; à basse mer, il se tapit dans la vase. Prés-salés, hérons, saules baignés d'eaux brumeuses, mousse, et sur la berge une muraille de peupliers voilure haute, en escadre serrée. L'arbre de l'air, l'arbre de l'eau. Le croiseur étire un trait noir au milieu des verts éteints. On regarde dessus, dessous. On l'arpente, on visite. Un parfum subtil de grenier confiné où mûrissent des pommes. On l'aime aussitôt. On en est fou. On le veut. C'est un quadragénaire fatigué, mais si beau, si grand : quinze mètres dix ! L'un de ces bateaux qui, par la vertu sans âge d'une ligne parfaite, n'aurait jamais l'air vieux. À vendre… Allez, papa, un bateau de course…

La réalité se complaisant aux symétries, les Tabarly ne cesseront d'enquêter sur la mémoire du bateau qu'ils acquièrent. Il est né en 1898 du crayon génial de William Fife, le dessinateur des *Shamrock 1* et *3*, à Sir Thomas Lipton, mais aussi de *Cambria*, de *Sisley*, grands racers de légende, aussi légendaires que les chantiers navals du nord de la

Clyde, en Écosse, où ils sont rituellement lancés. *Pen Duick*, on s'en apercevra dans les années 50, est quant à lui d'ascendance irlandaise, ayant vu le jour aux chantiers Commings & Bros, non loin de Cork où vivait son commanditaire. Acheté, revendu, aimé, désaimé, répudié, *Pen Duick* s'est appelé successivement *Yum*, *Griselidis*, *Magda*, *Griselidis* à nouveau, *Cora*, *Astarté*, *Butterfly*, et c'est l'éditeur André Hachette qui l'a ramené dans les eaux françaises en 1902 ; ce sont les frères Lebec, assommés par les frais d'entretien du navire vieillissant, devenu *Pen Duick* avec eux, qui se résignent à l'offre de Guy Tabarly.

Pen Duick, la mésange à tête noire… Cet oiseau phénomène, introuvable dans aucun ouvrage d'ornithologie, sera mythique un jour dans les ports du monde entier. Pour le meilleur, pour le pire.

Pen Duick, voilier de rêve, voilier de chagrin.

Tout bateau qui vous suit dans les saisons d'une existence, aventureuse ou non, épouse immanquablement vos malheurs et vos joies. En juillet 1958, je vais avec mon grand-père chez Mirbelle et frères, un chantier naval sur la rivière de l'Aber-Benoît, à l'est de Prat-ar-Koum, le paradis des huîtres. Il fait bleu, il fait chaud. L'air sent le mielleux arôme du bois aux mains des charpentiers.

Sur des épontilles, un navire de pêche en construction bombe une cage thoracique de mastodonte, cerné de gaillards torse nu qui chassent les clous galvanisés à coups de masse.

On est là pour voir le bateau, le cotre que mon grand-père a commandé voilà un an, lassé de mes frasques à voile sur les plates des pêcheurs ou sur les canots de notre écurie personnelle.

Ils étaient trois. Le premier, une occasion d'après-guerre nommée *Saint-Gildas* – un saint de fortune jamais homologué par les sbires du Vatican, pas plus que Maudet, Budoc, Efflam ou Pabu –, le *Saint-Gildas*, un esquif réputé pour son comportement à la mer, avait ni plus ni moins perdu l'ensemble de son arrière-train au mouillage, comme si les dents vous tombaient du bec à l'unisson. Il avait coulé bas, enfin, pas si bas, se trouvant à la cale au moment du drame, en eau peu profonde.

Le second canot, une première main nommée *Sainte-Anne*, originaire du chantier Roux, à Brest, sur la rive nord de la rivière d'Hôpital-Camfrout, a tout essayé pour se changer en voilier. Il a subi toutes les chirurgies imaginables sur un bateau à rames, opposant une bonne volonté sans limite aux godelureaux qui l'insultaient, le traitaient de gros tas merdique, la honte d'un port où le plus modeste des contreplaqués à trois couches se faisait *mousse* ou *vaurien*, sinon *star*, sous la main des frimeurs locaux, fils de notables parisiens ou brestois – se faisait *caravelle*, *optimiste* et *ponant*…

Anne, ma sœur Anne, ma grand-mère Anna, mon arrière-grand-mère Anna : l'honneur de votre magnifique nom bafoué, foulé aux pieds sur ce bateau souffre-douleur de mes cousins et moi-même… Pour un rien, une étincelle d'inspiration fatidique, un après-midi, nous l'avons suicidé, adieu tocard !

Plus il changeait, plus il empirait. À hue voulaient le tirer les jeunes, à dia les aînés. Marconi, disaient les premiers ; aurique, disaient les autres : au tiers, à misaine, un espar couché sur les banquettes, ficelé dans une toile meunière tannée à l'ancienne, redressé vent portant. Plus il imitait les Vaurien, plus il ne valait rien. Un été, on lui plante un mât sur le triangle avant, entre les deux chomars, car ce croiseur à rame en avait deux pour un modeste grappin. L'opération s'accomplit à la cale de l'Aber, presque sur la route, en présence d'un important comité familial et d'un non moins important comité villageois, celui-là prêt à se tenir les côtes. On hisse la voile du bateau à sec, blanc neige, la toile immaculée d'une aile à houari. On visse les aiguillots et fémelots du gouvernail, on essaie le gouvernail. Ça y est, nous aussi nous possédons un voilier. Je possède un voilier, car c'est bien moi, l'amoureux des bateaux, ici, le copain des pêcheurs, la mascotte des gabariers. Demain, le Vaurien du docteur va souffrir sur l'eau…

— Marchera pas, fait entre ses dents un pêcheur, ancien cap-hornier.

L'été suivant, toujours sur le granit immémorial de la cale, en présence des mêmes comités familial et villageois, c'est d'une quille plaquée de fer, et d'un nouveau gouvernail en proportion, que l'on équipe le canot maudit, toujours aussi désireux de flanquer la pile au Vaurien du docteur, de régater au plus fin.

Malgré sa rage de vaincre et sa remarquable prise au vent, toutes allures confondues, il apparut que n'ayant aucun pied dans l'eau, si ce n'est une dizaine de méchants centimètres, le *Sainte-Anne* avalait beaucoup d'air pour une progression dérisoire. Il simulait. Il affectait de remonter au vent, au plus serré d'un vent qui, mine de rien, paisible lutteur, le faisait reculer à son gré. Il avançait en arrière, merci bien ! en arrière ou vent arrière, insensible aux appels réitérés du gouvernail, aux invectives hurlées du barreur qui barrait en somme des clopinettes ! À la rigueur c'est à la rame, encore et toujours, qu'il aurait daigné réagir.

On est loin du *Pen Duick*, de l'*Annie*, je sais, mais le cœur y est quand même, il n'a pas fini de battre pour les voiliers.

Un soir, avec mon cousin Yves et mon grand-père, en smoking ou presque à la barre du *Sainte-Anne*, on manquera s'empaler comme des suicidés sur la cale de Toul-Ar-Bara, le canot ayant pris, semble-t-il, le mors aux dents. Si je n'avais pas mis la voile à faseyer *in extremis*…

— Marchera pas, soupira le cap-hornier quand on changea la quille, sans lésiner cette fois-là, un morcif de soixante centimètres bien comptés.

Marcha pas.

L'été suivant, c'est un bout-dehors qu'on lui greffa, c'est foc et trinquette blanc neige que le canot déploya.

L'été suivant ?… Rien, on ne lui greffa rien. Le *Sainte-Anne* commençait à devenir fou, vicieux, il parlait tout seul. Remonter au vent, moi ? Vous m'avez regardé ? À la rame : oui ! À la voile : jamais ! Il bougonnait dans son remous d'étrave, il allait de l'avant comme de flanc. Il ne reculait plus face à la brise et, si la marine autorisait l'expression, on dirait qu'il *côtoyait*, sorte de crabe à voile, rejeton monstrueux des lois physiques établies qu'il contrariait à la pelle. Remonter au vent ? Plutôt crever ! Battre le Vaurien du docteur ? Pour épater les filles ? Même pas en rêve, les p'tits foutriquets, même pas au diable ! Le Vaurien allait taquiner les bouées du chenal du Four, mais pas nous, pas le *Sainte-Anne*, incapable s'il y parvenait de rebrousser chemin. Saleté, saloperie !

Ce jour-là, mon cousin et moi faisons du feu entre les banquettes du *Saint-Anne*, à la scout. On se réchauffe les mains. On se raconte des histoires de marins – tu sais, là-bas où c'est tellement loin, tellement, un seul palmier pour tout l'horizon, un seul homme, et pas une femme à se mettre sous la dent. On sacrifie le bois du triangle avant, une essence tropicale, ça brûle bien, ça sent bon. Le bois du plancher arrière y passe. Le bout-dehors… Quand ça brûle trop bien, quand les vernis se mettent à cramer, on se jette sur les moques, pimpon ! On ramène au mouillage un grand brûlé dont, heureusement pour nous, mes grands-parents ignorent les douleurs aiguës. Ça ne crie pas, un bateau qui brûle, et moins encore un *Sainte-Anne* : ça meurt à petit feu, à feu doux, à feu d'ennui mortel entre soleil timide et crachin maussade.

Nous poursuivons sur lui nos sévices d'inquisiteurs. Nous l'emmenons sur la rivière de l'Aber, nous dérivons jusqu'à Bel-Air, nous saluons au passage les yachts de l'oncle Jo, tout pourrissants dans l'anse du Gour-Bihan, cependant qu'il est aux mains des Japonais, en Indochine, et que se précise la rumeur de sa décollation imminente. Nous entrons dans la chambre aux échos, vestige de la carrière à granit, nous crions :

— Écho ! Écho ! Es-tu là, écho ? Jumelle marine, es-tu là ? là ? Là ? Lalala ?...

Puis nous sortons les allumettes.

Un feu d'aviron acheva le *Sainte-Anne* un 15 août, il partit en fumée. Je doute qu'Éric Tabarly ait jamais détesté un bateau, même un peu cloche, au point de le vouloir en cendres.

Je doute qu'il ait détesté un seul bateau.

Retour chez Mirbelle & Bros. Sous une halle à claire-voie, gisant quille en l'air au milieu des copeaux, une carène retournée, belle et ronde à pleurer. Elle semble finie, le peintre n'a plus qu'à sortir les pinceaux.

— Livraison la semaine prochaine, dit l'un des frères Mirbelle. Le *Dieu protège* vous l'amènera.

Le soir promis, ni *Dieu protège* ni *Saint-Gildas*. J'attends interminablement, assis sur le muret du jardin. Là-bas, des îles, et plus loin des îles encore, et plus loin le soleil amerrissant comme une île, une île peu à peu submergée. Les premières étoiles montent au ciel. La mer, la nuit. Deux plénitudes océaniques s'épousant à l'ouest devant chez nous.

Un an plus tard, en juillet sans doute, et sans doute un soir, le *Dieu protège* que nous n'espérions plus prend sa bouée-toupie devant chez nous, à gauche du Roch-Melen.

Il remorque le cotre blanc qui fait de moi l'égal d'Éric, si l'on veut, au même âge, sauf que mon bateau, tout neuf qu'il est, dans sa première vie, n'a rien d'un plan Fife.

C'est un plan des frères Mirbelle, une intuition comme les chantiers navals bretons sont habitués à les concocter au petit bonheur, empruntant sa voûte au dundee, lui-même inspiré du *dandy* américain, son étrave aux goémoniers d'Iroise, son galbord à la chaloupe traditionnelle, la silhouette générale au ciseau plus ou moins rêveur et créatif des charpentiers.

— Nous l'appellerons *Saint-Gildas*, dit mon grand-père, en souvenir du *Saint-Gildas*.

Saint-Gildas a une longueur de six petits mètres hors tout.

Saint-Gildas est équipé d'un moteur Seagull à ciel ouvert.

Saint-Gildas a des voiles rougeâtres comme tous les flambarts de Bretagne Nord.

Saint-Gildas aspire aux émois du rase-cailloux dans le chenal du Four, ce réservoir naturel de périls entre le Vieux-Moine et Pontusval, qu'ils soient de pierre, de brume ou de flux.

Saint-Gildas est un croiseur familial ; *Pen Duick*, un coursier de haute mer.

Saint-Gildas – *Pen Duick*.

Pen Duick veut courir, *Pen Duick* va courir.

7

L'été 38 verra sous voiles un *Pen Duick* nullement refait à neuf, mais assez retapé pour louvoyer dans les eaux bretonnes. Il y a trois mois qu'on travaille dessus, dessous, plus tard on changera les lattes du pont qui n'en peut mais. On part caboter en famille. Un mot gentillet pour amadouer l'océan. Les îles d'un Morbihan qui se méfie du cadastre légal, nord ou sud, sont au programme. Escale à Groix, Noirmoutier, escale aux Glénan. Exploration des mouillages forains, calculs de marées. Avec un talon de quille à deux mètres quinze de profondeur, mieux vaut compter large avant de frapper un bout à terre ou de mouiller la pioche. On est à Sterwen, le port gallo-romain au nord-ouest de Belle-Île, la côte sauvage. Un refuge, cet asile en chicane, réputé sûr par mauvais temps. Aucun village ni maison, de la lande à bruyères, des colonies d'oiseaux, des pouces-pieds en buissons au bas des roches et, la nuit, le silence mêlé des respirations de l'air et du flot sous les étoiles de pleine mer, jusqu'à l'horizon.

Le silence de la mer. Les chansons du gaillard d'avant. La marine. Éric chante, il aimera toujours chanter.

À Sterwen, il est une heure de la soirée où l'océan va dire quelque chose ; il ne la dit jamais, ou peut-être la dit-il et ne l'entendons-nous pas ; ou bien nous l'entendons, mais ce quelque chose est intraduisible comme une musique ; ou c'est nous qui sommes sur le point d'exprimer notre vérité ; quel que soit notre âge il ne compte jamais, pour la mer, aussi jeune, aussi vieille que chacun d'entre nous, peut-être un peu plus âgée, toujours prête à nous enfanter. Qu'est-ce que le bonheur, chez l'enfant, sinon ressentir par tous les pores de sa peau, par tous ses regards, qu'il est heureux, même si le mot n'existe pas dans sa bouche ? Éric est heureux.

Un matelot seconde à bord son père, ou c'est le père qui seconde le matelot, cependant que lui, mousse, éveillé aux neuves impressions marines dont tout son être sera bientôt pétri, fait partie d'un voilier qui fait partie des éléments qui font partie de l'âme entrelacée des dieux et des hommes. *Mobilis in mobile*. C'est en mer qu'Éric entend vivre la vie.

Des événements dont la queue leu leu fait une vie, Schopenhauer dit qu'ils sont tous décidés par l'être humain. Toute rencontre fortuite est un rendez-vous, toute humiliation une pénitence, tout échec une victoire insondable, toute négligence un dessein. Consolation, cette pensée qui révèle un ordre secret des choses et nous confond avec les divinités ambiantes ! Éric descend du *Pen Duick* le 13 juin 1998 pour la dernière fois : il y est monté pour une croisière d'or et d'initiation le 1er juillet 1938, scellant avec ce navire une passion d'espoir à la vie, à la mort, et l'on dirait bien qu'un vœu dûment pesé régit cette alliance entre la machine à voiles et ce capitaine qui veut la ressusciter, la tirer du mauvais pas de tous les cimetières à bateaux, de toutes les roselières en putréfaction, refusant qu'elle ne soit plus, qu'on l'oublie.

C'est Éric, mystérieusement, le premier des deux qui ne sera plus. Il était si têtu, résolu que d'une épave aimée il avait fait un racer éternel et plus fort que lui. Adieu, bateau…

Triste fin ? Triste fin. Triste est la fin.

Le marin que la mer efface toujours prématurément, n'engendre-t-il pas une mémoire plus douce, avec le temps, que celle inénarrable d'un homme happé dans une enfance de vieillard avant d'y aller, d'en finir, ayant découragé souvent les plus aimants des proches ? On ne meurt d'aucune belle mort. Belle, la vie.

Autre chose, la fin du bateau. Désarmé dans une anse de relégation ou sur une rivière, il fait peine à voir. Raconte un peu nous ça, bateau… Il paraît en bon état, prêt à chevaucher les houles. Il s'appelle *Intrépide* ou *Reder-Mor*. Il connaît tout des malices de la mer. Il a fait son temps et s'il repose ici, désormais, amarré par quatre liens sous les rosiers sauvages, c'est qu'il l'a bien fait, sans jamais sombrer qu'on ne l'ait renfloué. Tôt ou tard, il coulera sur place et la marée escaladera ses flancs ; écubiers et rouf disparaîtront en dernier.

Aucune importance, il a fait son temps.

Le deuil du voilier au rebut, insupportable pour un enfant, je l'ai ressenti devant les yachts de mon oncle Jo – *La Marmotte*, *Le Petit Charlot*, le *Ninioblo*, mot qui veut dire à peu près Marie-larme-à-l'œil en langage moï, l'idiome des hauts plateaux annamitiques où mon oncle, planteur de thé, de poivre, fournisseur attitré de la Couronne britannique, avait son manoir de grand-bassam en pleine forêt, effarouché ni par les guerriers ni par les tigres ou serpents qui s'accordaient l'hospitalité chez lui. Les trois yachts, deux sloops et un cotre de cinquante et un pieds, la longueur du *Pen Duick*, étaient accouplés dans l'anse du Gour-Bihan, à Lanildut. Une anse plus loin, l'église leur sonnait les cloches de toutes les heures et de toutes les années qu'ils enduraient en pénitence, vestiges sur un plan d'eau saumâtre où croisaient les gabares de tout Toul-Ar-Bara – *Dieu protège*, *Aviateur Mermoz*, *Moalénaise* ou *Mad-a-tao*, *Rosloane*. Trois voiliers blancs dont il était interdit d'approcher, tout comme il était interdit de supposer qu'ils pourraient naviguer sous une main qui ne serait pas celle de l'oncle Jo.

Ma tante Jeanne, des yeux d'azur bordés de rose, mère infiniment douce et câline du planteur aux antipodes, se changeait en harpie quand je chuchotais *Marmotte* ou *Ninioblo*. Pas un mot ! On ne pouvait pas plus toucher à ces voiliers qu'au Saint-Sacrement. On pouvait les citer uniquement comme les gisants d'une légende émerveillée, sans chercher à les réveiller. Quelle légende ? L'histoire du fils unique parti braver la guerre en Indochine et s'enrichir à milliards, laissant momentanément son manoir, ses bateaux. Le moment durait depuis vingt-sept ans. Il pouvait revenir à tout moment, la soupe serait prête, les voiliers tels qu'il les avait amarrés lui-même et désarmés. Au grenier dépérissaient les voilures mangées aux mites, aux souris, dont les mousquetons vert-de-grisés s'effritaient. Dans la cage d'escalier, l'immense aviron d'un sloop, mâté sur deux étages, faisait voir les innombrables stigmates des charançons qui s'imaginaient creuser la tour de Babel.

La nuit, les trésors d'accastillage amassés par l'oncle Jo recouvraient leur empire sur la maison. Les cadrans des lochs tournaient, la rose des vents s'affolait sous le hublot des compas, le sextant balançait des lunes entières dans mes rêves d'enfant, la dure patience infligée aux bateaux s'envolait avec les embruns d'un retour au large, à la barbe des aînés qui vous interdisaient d'aimer librement ces voiliers orphelins du vent.

Non, tu n'en parles pas ! Non, tu ne vas pas à bord ! Tu ne t'en approches pas ! Non, tu ne demandes pas à les calfater – d'ailleurs, comment sais-tu qu'ils prennent l'eau ?

Ils pourrissaient, mais pas un mot, ils dépourriront quand l'oncle reviendra. Les pêcheurs de l'Aber vérifiaient à la pointe du couteau la santé d'un bordé douteux. Je faisais de même sur les yachts moribonds. Je les piquais au pradel, j'arrachais des parcelles de bois. Je me demandais à quel moment, comme le premier *Saint-Gildas*, ils allaient s'effondrer.

C'est en voulant monter sur le *Ninioblo* à marée haute que j'ai démâté, l'unique fois de ma vie. Rien d'épique, de glorieux. Je m'étais accroché au câble d'un hauban et le grand mât s'est rompu comme un spaghetti, avec un bruit sec. Il m'arrivait sur la figure quand, déséquilibré, je suis tombé à l'eau. Elle était lisse, bleu bonbon et d'un froid boréal, ce qui ne surprendra personne, à mon avis, le Divin Enfant étant attendu pour minuit précis le soir même – et la bûche aussi.

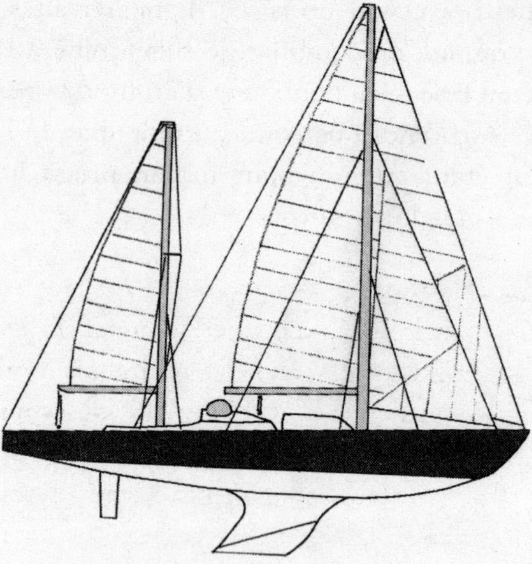

Pen Duick II

8

L'âge de raison, nous y sommes après l'été 38. En classe, Éric est en retard, il s'ennuie, et s'il existe une variété de fleurs, chez les bourgeois, nommée désespoir-du-peintre, il existe le désespoir-du-maître, à l'école, une race d'élèves absolument réfractaires à la pédagogie comme à la bonté des enseignants. Éric en est un, j'en suis un. Symboliquement, nous partageons le même banc sous les patères, au fond de la classe. Nous les empoignons, ces patères, nous nous musclons les biceps à travers les manteaux des copains. Nous dessinons des bateaux sur nos cahiers, nos manuels, nous gravons au canif des voilures de trois-mâts dans les fibres du mobilier public. Cancres, bonnets d'âne, hou…

Notre cartable ne ressemble à rien, nos carnets de notes sont des torchons. Engueulades à l'école, engueulades à la maison. Tu n'arriveras à rien. Tu finiras matelot, j'ai entendu ça. Tu finiras balayeur de rues. Tu finiras sous les ponts, tu finiras mal.

Les seuls à croire en nous, c'est nous, et peut-être bien nos mères, incapables d'aimer sans espérer ni ressentir une bonne intuition. C'est nous, d'abord, le génie du premier âge étant de vivre par anticipation. Banalité, sort commun ? Tant mieux ! L'enfant a toujours en tête quelques fabuleux projets irréfléchis, poursuite inconsciente. Il n'a besoin d'aucun apparat pour se motiver et partir. Il est sagement enfermé dans sa chambre ou dans ses jeux, mais depuis longtemps il manœuvre au large, en croisière nul ne sait où. Il est loin, il est ici, on l'a sous la main. On est à des milliers de milles d'un pareil fugueur. Ainsi de moi, l'absent, le revenant tard, ainsi d'Éric.

En 39 la guerre éclate, son père est mobilisé, le *Pen Duick* rangé à Pen-Foul, une vasière de l'Odet. On dira que perdre un bateau ce n'est pas perdre un humain. On dira que la guerre est un enjeu qui fait pâlir les autres. On dira que le vieux cotre bâché à l'écart attend des jours meilleurs. Se lèveront-ils jamais ? On dira ce qu'on veut. Il n'est pas imaginable pour un gamin d'assagir sa douleur par de la douleur universelle.

Désarme-t-on jamais un bateau, dans une famille, sans que la cruauté du moment y soit pour beaucoup ? *Pen Duick*, mésange et dragon d'or, incarnait l'unité familiale, un bonheur supérieur à tous, pour Yvonne et Guy, pour les frères et sœurs. En 39, c'est le bonheur qui paraît mis au rebut. Un seul avantage, on s'installe à Préfailles, à la mer.

Je n'ai pas connu la guerre, mais je sais que les bateaux sont les premiers sacrifiés quand le malheur entre à la maison. À la mort de mon grand-père, on hésitait, pour le *Saint-Gildas*. Il vieillissait. Il coûtait cher pour rien. Mes cousins, amateurs d'unités sportives, le snobaient à la manière du *Sainte-Anne* avant lui. Comme tous les bateaux il exécrait des mots tels qu'hiver, hivernage, et, laissé bien amarré dans l'anse du Gour-Bihan, il partait à la dérive. Le téléphone sonnait à Paris, la nuit : le *Saint-Gildas* a disparu… On aurait dit une évasion réussie.

Qui prévenir, quand un bateau s'échappe au gré des flots ? Quels secours, quelle brigade envoyer ? Est-ce que l'assurance est payée, au moins ? Ma grand-mère m'a dit : j'ai tous ces bateaux en horreur, à l'avenir évite de me parler du *Saint-Gildas* ! J'ai fait le voyage à l'Aber en stop, six cent cinquante kilomètres. J'ai sauté dans la plate du fils Bégoc, mon ami Jacky, au petit matin. J'étais mutique, plus perdu que pouvait l'être ce malheureux bateau. Où chercher ? En aval, en amont ? En aval il avait de l'eau à courir jusqu'au Labrador. C'est en amont qu'on l'a trouvé, échoué presque à la verticale au pied de la maison brûlée, sur la rive sud. Une vision de cauchemar ? Parfaitement. Le prix du cauchemar a longtemps hanté ma grand-mère. Un cauchemar gigogne.

Aux beaux jours, mon frère s'est chargé du carénage, commençant un travail qu'il n'a jamais fini. Bien sûr j'aurais pu l'aider. Je courais les filles à l'époque, je leur demandais beaucoup d'affection pour être moins seul dans mes pensées, entre ma mère et mon grand-père – deux souvenirs désormais.

Mon frère, agissant en dépit du bon sens, lui-même en plein deuil, entreprit de vernir le pont du voilier, celui-ci préparé au chalugaz, et c'est une dizaine de couches non poncées, non diluées, qu'il appliqua sur le teck. Dix autres supplémentaires, il aurait pu les appliquer, tel qu'il était parti, mais une mouche le piqua, sans doute. Il vernit la chaîne d'ancre rouillée d'un reste de mélasse châtain doré, je crois même qu'il vernit deux ou trois galets. Si j'osais m'approcher j'étais menacé du gros pinceau luisant. Arrière, Satan !

Une autre mouche le piqua. La peinture s'écaillant un peu partout, il racheta une cartouche de gaz et mit à nu le côté gauche du bateau. Il s'attelait au travail sitôt la marée basse, jusqu'à la marée suivante. Il procédait avec l'aisance du yachtman anglais dont les gestes envers les bateaux ne sont pas moins heureux que ceux d'une puéricultrice envers le nouveau-né. Telle une puéricultrice au nouveau-né, il parlait à son protégé, l'abreuvait d'une ritournelle où « le soleil, la la, se couchait au bout du chemin »… Quand il eut gazé tout le flanc gauche du *Saint-Gildas*, plus zébré qu'autre chose après les soins, il s'en désintéressa.

Un voilier mi-peint mi-nu comme un ver flottait au retour de l'eau. Un crève-cœur. Aussi ridicule qu'un chien dont on n'aurait tondu qu'un seul côté. Mon frère découvrit que la quille suintait au niveau de sa liaison avec la coque. Rien que de très normal : rien qui décourage un yachtman anglais, alarme le moins du monde une puéricultrice. Muni d'un tournevis à lame et d'un marteau, il dégagea tout ce qu'il pouvait d'un enduit qu'il estimait à changer. Entre-temps son attention fut sollicitée par le gouvernail – par les vieilles ferrures du gouvernail, aiguillots, fémelots. Il gaza les zones rouillées, les piqua, les traita au minium, se servant du gros pinceau à vernis changé en presse-purée au soleil. Il démonta minutieusement le loch, en rinça les composants à l'eau douce, fut incapable de le remonter avec une égale minutie, et plusieurs composants restèrent à mariner dans le seau du bord. Il changea le morceau de liston arraché pendant l'hiver. Le bout de bois qu'il cloua, de section plate et mince, jurait avec la baguette d'origine, de section épaisse et ronde. Elle ne jurait pas pour mon frère – enfin, pas méchamment, et c'est au rabot qu'il harmonisa les choses, s'entaillant méchamment le gras du pouce.

Le soir il arrivait en retard au dîner, crasseux, repu de belle ouvrage, les yeux brillants, et ma grand-mère le servait largement. Bon garçon.

Le jour où je réussis enfin à m'approcher du *Saint-Gildas*, mon frère me tournait le dos, peignant le flanc gauche au roulor, en blanc. Il peignait toujours le même endroit, indéfiniment, la peinture dégoulinait par-dessus la flottaison jusqu'au vert de la quille et se perdait dans le sable. Le yachtman anglais se laissait aller, il avait besoin d'une bonne puéricultrice… Je lui mis la main sur l'épaule et la sentis frémir. Mon frère, dos tourné, tête baissée, pleurait comme il peignait. Le roulor lui pendit au bout du bras.

— Ça va ?

Il se remit à peindre et chantonner. C'est vrai, ma mère, notre mère, j'oubliais, nous l'avions perdue deux mois plus tôt.

Cette nuit-là, le cotre repartit à la dérive et, les jours suivants, fut signalé dans la rivière de Toul-Ar-Bara. Ma grand-mère me somma de lui trouver un acquéreur, auquel cas l'argent serait pour moi. Au premier venu, je le cédai pour deux mille francs – trois cents euros. Il en valait vingt fois plus, tout barbouillé qu'il fût. Sur ce, mon père insista pour que la somme intégrale allât aux œuvres de Mgr Daniélou, celui-là même qui devait découvrir ensemble la mort et l'amour. Le buraliste de l'Aber me remit au guichet une formule de mandat express. Je la remplis, la relus : *Cher Monseigneur*... Je partis la déchirer dehors. J'étais riche, nom de Dieu ! Malheureux et riche à la fois.

Un livre d'or se ferme chez les humains, et le bateau qu'ils idéalisaient change à son tour de rêve. On dirait qu'il veut déserter. Il faut du temps pour discerner l'œuvre qui mûrit grâce au déclin des choses et cherche à s'accomplir.

C'est bel et bien dans un pays vaincu, démembré, que Tabarly, sept ans, va se forger un premier mental de vainqueur. C'est à force de mal travailler, de suer sang et eau sur des manuels à périr d'ennui, sans qu'il doutât jamais d'être béni des dieux, à force de louvoyer entre quatre murs qu'il entrera dans l'Histoire, de son vivant. C'est dans la période intense où il ne fait rien d'autre qu'avancer péniblement, donnant à tous l'impression d'échouer en grand, qu'il se traîne par la peau du cou vers son étoile. Il y va en tirant des bords. Homme libre, il chérit la mer, il chérit la vie, il n'a que de grandes batailles à gagner contre lui-même.

En 40 s'ouvre pour lui ce vaste chemin d'initiation qu'il va suivre vingt années. Si bien qu'il en aura trente, au bas mot, quand il prendra son envol de marin sans égal, plus jeune et plus fringant qu'il n'a jamais été. Autrefois, on parlait d'un homme fait à trente ans, ou défait, au bout du rouleau, bon pour vieillir en paix, tout bourdonnant des quelques souvenirs amassés. Un homme fait, notre héros, à trente ans, un bourlingueur accompli, prêt à regarder la mer sans ciller, sur l'épaule une mésange noire, son oiseau pilote, plus clairvoyant que la rose des vents. Il n'a guère chômé, s'il a beaucoup rêvé.

Il s'est fabriqué un sang. Quiconque un tant soit peu viril paierait cher pour avoir le même, et la même expérience à livrer.

Le plus remarquable n'est pas qu'Éric ait bravé des sentinelles allemandes, à neuf ans, aidé par ses copains, tous voulant récupérer du matériel saisi, surtout les flotteurs des dragueurs de mines. La guerre, à neuf ans, loin du front, avec la mer en guise de passe-temps, on parvient à l'apprivoiser. On se dit qu'un jour on la gagnera. On se dit que, tôt ou tard, les Allemands verront bien… On se dit qu'on est des résistants, sans vraiment savoir qu'on l'est pour de bon, et que son propre père, démobilisé, renseigne le maquis. On a la rage des bateaux perdus, des flottes suicidées ou tirées par ces faux amis d'Anglais, on se venge en secret. Le plus remarquable est cet inconscient où le verbe *gagner* jette une petite lueur que nul ne voit. Cette lueur illuminera les foules.

La barbe, l'école, pense Éric en 40 ! Du temps gaspillé. Ils vont en classe à Tharon-Plage, sa sœur Annick et lui, en tandem, l'un pédalant dur à l'avant, l'autre flemmardant cramponnée au grand frère, la joue contre son dos. Seize kilomètres aller-retour. Pluie, vent, soleil, on pédale. Elle est bonne élève, il est dernier, avant-dernier, dernier, une horloge de nullité. Il se voit amiral, mais il est dernier, et le certificat d'études n'en voudrait pas. Tu vas travailler, oui ? Les coups de pied au cul, on s'en fout quand on est dernier. Du moment que les petits bateaux vont sur l'eau, que la mer monte, que l'horizon frémit dans les yeux des filles.

On le colle en pension : dernier. Il a bon moral, le bougre. Engueulé, sermonné, promis à la honte, à la cloche, à l'avenir bouché des sans-diplôme, il y croit, il fonce vers le jour suivant, le sourire au bec, et pour rien au monde il ne voudrait être un autre, avec d'autres parents, une autre chance.

9

Il rata son bac, il eut son bac, bravo ! La mer, toujours aussi proche, n'avait jamais été si loin d'Éric. Ce grand amour qu'il éprouvait ne se laissait pas épouser. Lui non plus, d'ailleurs, outré que pour accomplir sa nature océanique, et en vivre, on lui demandât de choisir un métier. Il n'avait aucune idée s'il fallait subir l'ennui d'une école spécialisée, fût-ce l'École navale, récompense des têtes de classe. Bachelier, il n'est guère plus avancé. Il est réfractaire aux études. Il aurait besoin de couper un moment les ponts avec le milieu familial où son entêtement à ne rien fiche, depuis qu'il est né, a fini par entamer quelque peu le moral de ses chers parents. Son père, surtout, lui en veut. Les équilibres nerveux sont touchés, et la promiscuité moins bien vécue jour après jour, même avec le bac, cette clé bizarre qui n'ouvre aucune des portes de la mer.

D'Éric, on a dit qu'il se nourrissait d'océan, qu'il était l'océan. Drôle d'idée. Comme si tous les Bretons du littoral ne s'en nourrissaient pas. Tous ces riverains armés d'une cuillère ou d'une fourchette à trois dents, d'une vieille louche, d'un seau, d'une lame, d'un grattoir de fortune, où vont-ils d'après vous ? Tous ces langoustiers, ces ostréiculteurs, ces mareyeurs ? Tous ces amphibies qui, le jusant venu, fondent massivement sur les grèves, le jour, la nuit ? Sachez qu'ils vont sonder la moindre cavité sous vase où la mer a pu nicher l'un de ses nourrissons chitineux, pinçants, urticants, mordants, enflammés d'électricité, tout simplement encoquillés bigorneaux derrière une lunule opaque. Ils vont piller la mer pour la tortorer. Ils l'ont toujours fait, le feront toujours, intimes du soleil couchant, leur père après Dieu.

Pour se changer les idées, Éric met sac à bord du thonier *Aimé Léone*, mataf lambda parmi les travailleurs de la mer, logé au plus étroit d'un poste avant qui sent un bouquet garni d'épices et de sueur. Il n'est pas sur un yacht, mais sur un thonier à voile, semblable à celui que décrit Victor Hugo quand il découvre les régions bretonnes, en particulier l'Armor, consterné d'avoir attendu si longtemps. La mer, dit-il, comme si l'idée même de *mer* et d'*oceano nox* changeait du tout au tout là-bas.

Une marée de plusieurs semaines en Manche, avec des incursions dans l'océan, à chasser les poissons, c'est la campagne de l'*Aimé Léone*. Initiatique est ce beau voyage qui prend un minimum de place dans la biographie du gamin, bachelier de raccroc. Et lui qui croyait savoir et, tel Hugo, disait *mer*, *océan*, comme s'il est possible de transmettre le sens des mots que l'on n'a pas vécus soi-même, de la peau jusqu'à l'âme. Un mot, écrira-t-il, est l'entière confession du moi. Il y a lieu de conquérir physiquement ces mots à la vie desquels on prétend contribuer. Et que nul n'aille proférer l'*océan* qu'il n'ait d'abord battu la semelle sur le pont d'un bateau né pour l'endurer, lui, le grand flot natal.

Il s'est baladé en *Pen Duick*, sur le huit-mètres JI de Marcel Oller, son oncle boiteux à la rotule fracassée ; il s'est fait peur de temps à autre ; il a salué des grains, vu les brouillards trouble-fête abolir les amers dans les chenaux à courants vachards, en baie de Quiberon. Il a eu chaud. Il l'a déjà échappé belle. On ne va pas sur l'eau, même à la nage en ayant pied, sans défier le génie malin des gravitations. C'est la mer et ce n'est pas la mer. C'est toute la mer et ce n'est pas la mer.

Au large, Éric va vivre l'océan comme une révélation. Il est chez les marins, les vrais, les heureux et les damnés de la chance halieutique. Il n'est pas un des leurs. Il est un gosse de famille, un touriste aux bras puissants, mais touriste quand même. Aucune malédiction de père en fils n'amène à bord un tel bachelier. Ils ne sont pas hostiles, ces hommes-là, pas même sceptiques, mais ailleurs, dans une autre relation avec cette météo dont le sens même de la vie dépend. Bon. Mauvais. Le baromètre a pour nom sorcier, la boussole a pour nom sorcière. Deux aiguilles assurant l'ordre parfait du monde au centre exact du chaos, toujours, entre le tic et le tac d'une pendule de laiton fixée bien au sec à l'intérieur, visible de la couchette du patron comme de la timonerie. Éric se détend. Pythagore, Euclide, les ennemis d'hier, l'épouvantable géométrie, le défilé des monstres de craie sur le tableau noir, la cabale simplifiée des angles et des arcs aujourd'hui qu'il fait corps avec cet équipage de pêcheurs de germons, avec ce point qui va sur l'eau. La mer, la marine, son élément, il n'en sortira plus.

Il peut sembler aberrant, après cette expédition enchanteresse, qu'il suive une filière aéronautique, mais rappelons-nous qu'au-delà du rêve, il doit gagner sa vie. Il pourrait être pêcheur, direz-vous, lui, l'amoureux des thoniers et des ports où ces magnifiques voiliers aux peintures de cocagne attendent mouillés à bouchi-boucha la marée suivante. Est-ce qu'Yvonne et Guy sont très chauds pour que leur aîné rejoigne les gens du grand métier ? Aucune tradition, aucun ancêtre pour légitimer cette aspiration, si noble quand les sous-verre jaunis trônant sur le buffet témoignent qu'un époux, un mari, un fils a perdu contre la mer.

De sa virée avec les gars de l'*Aimé Léone*, Éric parlera brièvement dans ses mémoires, on dirait qu'il protège un secret. Que toute vérité n'est pas bonne à dire quand elle engage l'intimité d'une âme aussi peu terrestre que ce fil horizon. C'est au hasard d'un bavardage amical qu'il revient parfois sur ce laps d'existence au milieu des pêcheurs, ses frères. Ils ont leur famille, ils ont la mer, une double vie que les mots approchent en vain. Sur l'*Aimé Léone,* Éric a découvert le silence de la mer ou son propre silence à lui. Sa taciturnité.

« Ça s'est bien passé », dit-il après une course qu'il a gagnée. Frustrant pour le quidam armé d'un micro, celui-ci relié à des millions d'auditeurs. Bien passé, oui, mais encore ? Que s'est-il passé ? Qu'est-ce que la mer, pour celui qui s'enhardit à la traverser, qui tire son épingle du jeu des éléments où le plus puissant des voiliers ne demande qu'à sombrer ? On ne sait pas. Ni Tabarly ni le quidam au micro. Le premier revient vivant des flots, le second veut entendre une révélation.

Il est difficile à supporter, ce laconisme d'Éric. Difficile, impressionnant, angoissant. La mer échappe à la compréhension du sentiment humain. En cela, comme l'amour, comme le Bon Dieu, elle nous attendrit.

Sindbad le marin, dans sa quête indéterminée des eaux rondes, va devenir quelque temps Sindbad l'aérien. La famille approuve. Éric ne démérite pas. L'uniforme convient au rang social des Tabarly. L'avion n'est rien d'autre qu'un bateau qui tangue et roule au gré des turbulences atmosphériques, doté lui aussi d'une voilure, tiré vers son cap par la flèche d'un compas, sujet aux mêmes enchantements quand l'orage embrouille les points cardinaux et que la prière semble le dernier recours du pilote… *Pen Duick* est voilier, *Pen Duick* avion. La parenté semble un brin compromise, il est vrai, par une propulsion qui ne doit rien au souffle d'Éole, l'ami d'enfance d'Éric. Pourtant c'est à l'avion qu'il demandera ses meilleures idées, quelques années plus tard, quand il essaiera de faire aboutir son projet d'hydroptère, le voilier planeur. Si le métal était moins lourd, les matériaux synthétiques plus résistants, si la fibre de carbone, le titane, l'époxy, le kevlar… Si les alliages n'attendaient pas encore dans les formules en souffrance des ingénieurs…

Il n'entre pas à l'armée par dépit. Il va vers son étoile. Il a été pensionnaire. Il sait bien que le rythme encadré d'une vie collective est facteur d'équilibre moral chez les rêveurs de sa trempe, et donc de liberté. Il en a manqué, ces derniers temps. Passer pour un mauvais élève, être un mauvais élève, catalogué par le maître et par les proches dans la série des éléments irrécupérables est la plus aliénante des expériences quand on a chevillée au corps l'âme d'un bourreau de travail – une âme frustrée.

Mais où est-il, ce travail passionnant qu'il rêve d'abattre ? où, cette montagne à soulever ?

L'armée l'envoie d'abord sur le lac d'Hourtin, en Gironde, où l'initiation au cérémonial varié du balisage aéronaval n'a pas besoin que l'eau soit salée, ni pinçants les crabes.

10

J'avais quinze ans lorsque je suis arrivé à la base d'Hourtin. Je ne me destinais pas à l'Aéronavale et l'avenir me semblait aussi riant que des barreaux peints sur un mur de béton. Comme Éric, j'aimais la mer. Je ne me sentais moi, dans ma vraie peau, que le plancher d'un canot, le pont mouvant d'un voilier sous les pieds. Le plastique, invention prodigieuse hélas, nous a subtilisé la mémoire exquise du bois – ce bois dont se faisaient les plates, les pontons, les voiliers, agréable au toucher, à l'odorat, à l'œil, sensible aux ondulations des mers comme nul autre matériau. Regardez les barques bouger dans les ports, même les youyous, vous comprendrez la différence entre nature et synthèse – soit dit ici sans passéisme aucun, le plastique ayant notamment permis d'arracher *Pen Duick* le moribond, à cet amas de membrures et varangues pourries qu'Éric refusait d'accepter pour mortes.

À Hourtin, la marine arme des canots en bois. De vieux jetons, pourrait-on dire, provenant de navires de guerre réformés. Il y a doris, baleinière, ciglis à misaine, il y a surtout *La Réale*, un monument historique, une chaloupe jadis embarquée sur la *Jeanne d'Arc*, le croiseur-école à bord duquel les élèves officiers faisaient un demi-tour du monde avant de recevoir leur affectation.

L'école de mer où je suis inscrit pour un séjour d'un mois ne dépend qu'indirectement de la base navale. Elle a ses quartiers à la Gracieuse, du nom d'une ancienne goélette paimpolaise, sous les ombrages d'une pinède à quelques plages de là, dans un décor on dirait frais émoulu des Caraïbes, avec ses lumières capiteuses et ses minutes suspendues, excepté les pins des Landes, excepté les eaux douces agitées par le vent d'ouest. La marine fournit les vivres et le canot qui apporte les vivres, une vedette à moteur comme il en circulait sur la rade de Brest, entre l'Arsenal et Lanvéoc-Poulmic, sur l'autre rive, le siège de l'École navale. Confiture d'abricots, fayots, saucisses, daubes, cassoulet, nous débarquons sous forme de bidons anodisés jaune citron pour un mois d'autosuffisance volontaire en cette forêt lacustre aux marges du grand bleu.

On nous prévient : vous n'êtes pas à la mer, mais c'est vous, la mer. Soyez la mer, imaginez-la, ressentez-la.

À Hourtin, l'horizon fait semblant d'être l'horizon marin, doué d'une imagination à perte de vue. Il se trahit à la tombée du jour. L'air étant moins nébuleux, il donne à voir des volets verts sans maison, des arbres noirs tordus, des camions en suspens qui semblent se liquéfier dans les rayons du soleil.

Le lendemain, l'infini brumeux revient à son poste et Robinson peut s'interroger sur le sens de tout ça, être un jeune homme qui cherche sa place au milieu des autres, à bord d'un bateau qu'il faut connaître et ramener sain et sauf. Dans cet esprit, nous nous forgeons des muscles d'acier sur ces voiliers à rame haïs des galériens.

C'est le nom d'une galère célèbre, *La Réale*. Déplacement lourd, neuf tonnes ou peut-être douze. Je n'ai vu nulle part aussi mastoc, puissant. Sur *La Réale* on apprend à ramer. Pardon : à nager. La nage est celle d'un esquif mû par des avirons ou des rames. Quinze mètres est la portée d'une rame, il faut se mettre à deux pour la manier. Banal ? En effet. Rappelez-vous le supplice de la goutte d'eau. Banal. Une goutte après l'autre au milieu du front, entre les yeux. La douleur a tout son temps. *Idem* sur un banc de nage, elle a son temps. On appelle ça : tirer sur le bois mort. De la rame ou du rameur, qui est le plus mort à la longue ? Rame et rameur ne font qu'un. Ce n'est donc pas que l'on apprend la *nage* sur *La Réale*, apprentissage limité à la plonge régulière de la pelle sous l'injonction du sifflet ou de la voix du maître de bord, mais on apprend à souffrir la mer, à la souffrir en bande, en équipage. Dans l'infanterie, chez les biffins, on a la marche forcée, en chantant ; dans la marine, chez les zèbres – allusion au maillot rayé –, on a la rame, sans chanter, et je ne vous dis pas de quel sommeil de forcené vous tombez assommé sur le hamac, le soir, au terme d'une balade en *Réale* à travers les molles eaux du lac transocéanique d'Hourtin. Âme, corps, vous n'avez plus rien. Vous dégringolez à pic dans l'oubli.

Autrefois chargée d'un équipage de midships, *La Réale* était mise à la mer à quelque deux cents milles d'un point d'atterrissage à rallier. Boussole, rame, grand-voile et misaine, bon vent les gars ! C'est à cette occasion qu'Éric a découvert la chaloupe et rejoint, si ma mémoire est juste, les côtes du Venezuela ou celles du Panamá, de la baie d'Along.

11

Une chose le séduit à l'Aéronavale : il y a continuité entre les manuels et l'action. L'abstrait apparent des lois scientifiques rejoint ici la coordination des membres et des sens, tout cela fondu et absorbé dans les exigences techniques de cet aéronef qui ne se laisse pas imaginer en l'air quand il est en bas : volant quand sur le tarmac de Saint-Mandrier, il pèse toute sa masse de tôle, de boulonnerie, de réservoirs pleins, de mitrailles et de mitrailleuses, étant aéronef de combat. Aucune raison qu'un vaisseau d'acier se mette à flotter le jour de son lancement, aucune raison qu'un avion de fer daigne virevolter comme un papillon dressé.

Ainsi pense le *vulgum pecus* ou commun des mortels, mais Tabarly n'est pas, tout périssable qu'il est, un mortel commun. Depuis l'enfance, il se veut pour allié l'impossible, il y tient. Il est dans ses basques ou dans ses jupons, ou dans ses bottes. Il cherche à voir jusqu'où l'impossible n'en fait pas trop avec lui, son pareil.

Impossible de traverser l'Atlantique en périssoire, décousue ou pas, mais possible de commercialiser un tel bateau sous un tel nom. Impossible d'échafauder un catamaran solide en ficelant de vieux lièges de dragueur de mines. Impossible de s'égaler aux forces tranquilles de la nature, dont l'âge est la plus tranquille et la plus indomptable. Impossible de rattraper la jeunesse d'un bateau après qu'il a fait son temps. *Pen Duick* est mort, impossible à ressusciter. On réagit comment, devant un pareil constat, quand on s'apprête à piloter de fringants chasseurs ou de vieux bombardiers aux prestations irrégulières, et qu'on vous prédit un avenir brillant chez les aviateurs de la marine, au soleil des colonies ?

N'importe qui laisserait tomber, recyclerait l'épave dans la catégorie dorée des inoubliables souvenirs. Éric, lui, voit les choses autrement. Son père lui a donné *Pen Duick*, le cadavre de *Pen Duick*. Il n'en parle pas au passé. Il est propriétaire d'un voilier inutilisable pour le moment. Il avisera plus tard, une fois l'argent tombé, quel avenir lui donner. Les mots vieillesse, vieillissement, sont peut-être un argument, mais pas sûrs ou pas suffisants pour faire une croix sur la mésange noire de son enfance. Il remettra *Pen Duick* à flot par l'une de ces magies qui deviendront son tour de main.

Étrange que l'on ait interprété le malheur du 13 juin 1998 dans le sens d'une fourberie patiemment élaborée par un navire ingrat. Et si l'on disait, au contraire, que la mésange noire avait épargné les affres du déclin à ce marin qui souffrait parfois des mains, des yeux, dont la santé, pour excellente qu'elle fût, s'interposait comme un horizon voilé entre l'horizon des mers et lui ? C'est un homme aux forces amoindries qui disparaît le 13 juin 98. C'est un éternel enfant qui vit à la grâce des bonnes fées. Une bonne fée, une bonne mère ne se tient pas toujours aux aguets derrière le fils sur le point de commettre l'irréparable ; une femme aux aguets derrière son éternel enfant d'époux, quand il se prend pour un équipage à lui seul – hardi les gars ! – et qu'il va bien falloir les brasser, tous ces mètres carrés, saturés d'embruns et de pluie, nonobstant le poids des vergues et celui des mains engourdies pareilles à du bois mort.

Les belles mains d'Éric Tabarly… Si l'on pouvait mesurer la longueur d'écoute, de chaîne, de drisse ou d'aussières qu'elles ont empoignées au cours de leur vie, c'est en milliers de milles que se chiffrerait l'addition, en milliers, de quoi traverser un océan.

Dans le corps des *gaziers* de l'Aéronavale, Éric va bien s'amuser, durant les trois ans qu'il y restera. Son amour de la vitesse, qu'il satisfaisait jusque-là sur des carènes à flot, il va pouvoir le contenter sur des machines volantes. Zincs d'après-guerre, récupération fourguée par les Alliés, d'accord, mais on n'y est jamais à court de sensations – *intrados*, *extrados* – aux abords des cumulonimbus ou de ce timbre-poste, dit porte-avions, uniquement immobile et spacieux quand la crosse d'appontage veut bien saisir le câble d'arrêt.

Au Maroc il pilotera le Stamp, une périssoire volante de toile et de bois collés, il pilotera le monoplan américain SNJ que pas un amateur d'acrobaties ne se rappelle avoir piloté *sans écraser une larme d'un poing furtif* ; il pilotera le Beechcraft, et surtout le mythique quadrimoteur Lancaster, qui fait de son pilote une espèce d'aurige à moitié rassuré, n'en régnant pas moins sur un attelage de cinq mille chevaux, mille deux cent cinquante par hélice, de quoi bien rigoler, c'est sûr, mais de quoi faire un malheur chaque fois qu'on se pose ou qu'on atterrit.

En 1955, il est en Indochine, il vole sur Privateer, Morane, Cessna. C'est un pilote confirmé, farceur à l'occasion, capable de friser leurs moustaches à des paysans fous furieux dans les champs, pour rire, un peu d'humour, ce rire jubilatoire de l'adolescent goûtant une félicité charnelle depuis longtemps attendue.

Et la mer, direz-vous, dans tout ça ? Il y pense encore, à la mer, aujourd'hui qu'il se balade à trois cents nœuds et plus au-dessus des nuages ou dessous ? Il est probable qu'il n'aurait pas choisi le métier des airs si l'océan n'était pas le rêve intérieur qu'il file en catimini, pour lequel il est né, pour lequel il mourra, pour lequel il se tait en attendant de laisser l'avion pour le voilier, le plein ciel pour la pleine mer.

Où qu'il soit en garnison, Éric économise sou à sou les frais de restauration du *Pen Duick*. Ses copains font la bringue, pas lui. Ils se paient mutuellement des tournées dans les bistros, Éric regimbe à cette camaraderie dépensière, en désaccord total avec ses projets. Il en acquiert une certaine réputation d'épargne tatillonne, dont certains le diront auréolé jusqu'à son installation à Gouesnac'h, en famille, période où il mettra plus volontiers la main à la poche. Balayons d'un revers cette médisance indigne des gens de mer.

On sait bien ce qu'il en est, du désarroi pécuniaire, quand un voilier demande à naître ou à renaître : exige son mât, ses haubans, son lest, sa garde-robe, son électricité, son vernis, sa peinture, ses outils, ses clous, ses vis, ses boulons, les mille et un riens qui définissent un accastillage au complet, d'une crapaudine de gouvernail à l'ampoule d'un feu tout horizon ; quand il exige ses taquets, son davier, son compas, son éclairage de compas, etc. On s'arracherait les cheveux devant la liste basique du premier équipement nécessaire à la mise à l'eau du croiseur désireux de hisser les voiles sans avoir même aucunement l'intention de prendre la mer, un pur essai.

À prévoir, une deuxième liste avant de sortir du port, un deuxième équipement : la sécurité, tous les accessoires ayant trait à la survie, de la plus modeste lampe étanche au plus modeste miroir de signalisation contenu dans la trousse du canot de survie, etc.

Cette deuxième liste, aussi lourde financièrement que la première, peut en cacher une troisième, au cas où vous songeriez à ce minimum de civilisation que représente le fait de manger dans une assiette ou de vous endormir la tête au creux d'un oreiller, sous un duvet bien chaud.

La quatrième liste, la dernière, c'est les vivres, et lorsqu'on y parvient enfin, rien d'étonnant que se place en tête des priorités un bon gros magnum de whisky ou de vodka – à la charge de l'invité du bord, évidemment.

Une cinquième liste ? Elle n'aurait rien d'irréaliste. Elle prendrait en compte les loisirs, les bouquins, la radio, les CD, elle pourrait nous emmener profond dans les abysses d'un solde débiteur, elle aussi, en votre aimable règlement.

Il a l'air innocent, le voilier habitable, à l'ancre dans une baie tranquille, au crépuscule. Il est innocent, charmant. On lui donnerait le Bon Dieu sans confession. On rirait au nez de celui qui dirait l'argent qu'il a coûté pour avoir l'air charmant, les années de labeur acharné, de doute harassant qu'y a laissées et que laisse encore son maître, éternellement partagé entre le désir d'une croisière au bout du monde et celui de vendre et de ne plus jamais entendre parler de ce monstre doucereux auquel on a sacrifié femme, enfants, maison. Un bateau à soi ? Terminé ! On l'échangerait contre une balle de fusil.

La prétendue pingrerie d'Éric fait sourire. Il a un bateau à sauver, les gars, pas une coque de noix. Un cotre de cinquante pieds, de cinquante ans. Le *Pen Duick* n'est d'ailleurs pas tout à fait à lui. Comme dans la pièce de Shakespeare où le jugement stipule expressément la chair et pas une goutte de sang, Éric possède le bois ravagé du cotre et pas un gramme du plomb qui leste l'ensemble. Il doit payer à son père la valeur des tonnes de plomb. Sinon *Pen Duick* est vendu, c'est la loi. Tant pis pour les samedis soir entre potes, pour la noria des apéros à longueur de nuits blanches, pour l'esprit d'équipage arrosé d'une amitié à la vie à la mort, après les envolées du jour, qui ne traduisent rien d'autre, souvent, que le besoin de célébrer la solitude à grand renfort de rasades alcoolisées – et ce n'est jamais en buvant qu'on devient forgeron ni marin. Pas même écrivain.

Avarice, pingrerie, ladrerie : qu'importe le nom ricanant qui veut épingler cette rage d'économies, cet amour du bateau. Fut une époque où mon frère et moi nous étions lancés dans un de ces chantiers navals désirés comme un sacerdoce, au prix d'un vœu sans limite ; en croyant bien peser ce qu'il en coûte de vouloir un bateau si cher, trop cher. Un plan Caroff ou Presle de cinquante pieds, on n'a jamais su, pas plus d'ailleurs qu'on n'a jamais vu de nos yeux vu le plan réel du ketch, si beau, si fringant sur les dessins publicitaires des revues nautiques – et si bon marché. Un Tobagos 50. Vous commencez par la coque nue avec l'impression indolore d'acheter une cathédrale à prix sacrifié, vous terminez par le porte-clés insubmersible en forme d'ancre à jas avec la même impression, renforcée. Bien sûr, vous n'arrivez jamais au porte-clés.

Plus simple est de faire aux pattes le canard qui bat des ailes en haut du mât de cocagne, les jours de fête foraine.

En ces temps post-soixante-huitards, les aventuriers de mers plus ou moins fauchés étaient légion, et légion les gogos. Mon frère et moi, suivant la filière économique, nous avions acheté au noir une première coque nue du ketch – six mille francs. Une paille, pour un quinze mètres. On est presque gêné d'avoir si peu d'argent à remettre au vendeur. On paie en liquide pour faire bonne mesure et, quoi qu'il en soit, on n'a plus un rond, plus rien quand on redescend l'échelle du ketch témoin, béquillé à sec sur le parvis du Palais des Expositions (Paris XVe). On regagne ses pénates un peu groggy, les poches vides, excepté ce papier dactylographié qui tient lieu de contrat, signé par le vendeur, par vous. Autant en emporte le vent.

Les six mille francs réunis au centime près devaient à la mer autant qu'à la terre battue. Mon frère en avait apporté la moitié en revendant les objets peu communs dénichés lors de son tour du monde sur la frégate *Duquesne* ; moi, l'autre moitié en donnant des cours de tennis à des femmes de tous âges, dont certaines m'invitaient au restaurant, horrifiées que je dusse me serrer la ceinture pour m'offrir un rêve. Oui, je vous emmènerai, madame, oui nous irons là-bas, aux îles… Tel Éric, j'économisais sou à sou, rapace de la moindre pièce jaune. Je n'aurais pas payé un café à mon meilleur ami. J'évitais les amis. Je rangeais l'argent dans un confiturier de famille en cristal que j'ai revendu en apprenant sa valeur marchande. J'ai revendu l'armoire à linge où je planquais le confiturier. Le soir, j'écrivais à mon frère sur le *Duquesne*, et qu'il fût au Sénégal, aux Comores, au Koweït, il n'était pas kopeck soutiré à ces dames qu'il ignorât dans les entrailles de ce fier bâtiment où il dirigeait la coopérative du bord, autre source de gain. Je datais, notais en chiffres la somme du jour, j'écrivais : *Mon bien cher frère…*

Et c'est ainsi que, de fil en aiguille, on devient le propriétaire effectif d'un rêve incarné par le beau dessin noir et blanc d'un ketch dans une revue nautique spécialisée, le Tobagos, un nom d'îles chimériques, voyez-vous ça…

La société Corail-Marine n'habitant plus à l'adresse indiquée, les six cent mille francs épongés dans une faillite aussi frauduleuse que labyrinthique, mon frère et moi persistâmes dans nos fidélités d'origine au dessin noir et blanc du Tobagos 50, dont chacun de nous conservait un exemplaire découpé dans son portefeuille, aussi précieusement que celui d'une femme adorée.

Trahis par le concessionnaire, nous prîmes langue avec le fabricant du ketch, un industriel breton siégeant à Paris, quelqu'un d'honnête, forcément, et bien disposé à l'égard d'une paire de frangins sur le sable après cette ténébreuse affaire de coque nue.

Les révélations du fabricant ne firent que redoubler notre attachement à ce voilier malchanceux pour tous. Oui, pour tous. À ce jour, cinq Tobagos 50 étaient sortis du chantier. Comme nous le savions forcément, les deux premiers avaient coulé à pic dès leur première sortie, d'un poids tel qu'ils avaient disparu sous la première vague un peu vive, ni plus ni moins que des fers à repasser. Sans doute un vice architectural. Deux autres, plus légers, s'abstenaient de prendre la mer, les calculs de positionnement du lest les faisant piquer du nez. Le cinquième attendait dans un champ une décision de justice, vendu qu'il était à deux étrangers au moins : un Belge et un Américain.

Voilà ce qu'on pouvait dire en quelques mots du dossier Tobagos, toujours en instruction chez les juges. Vice architectural, traficage des plans, arnaque à la coque nue, carambouille : le pauvre ketch les accumulait.

Une autre coque nue ?... La maison pouvait nous proposer le Concerto 51, ketch également, certifié celui-là quant à ses plans, homologué en première catégorie. Du haut de gamme à prix coûtant. Un pied de plus que le Tobagos 50. En somme, un pied gratuit...

Un Tobagos 50 ? Vous plaisantez, messieurs ? Non, trop risqué. Et puis oui. Tôle mince, membrures et lices en nombre réduit, lest coulé sur l'arrière de quille, on aura cette fois un bon voilier, pas trop tôt.

Manquaient les six mille francs d'acompte. Dommage qu'ils n'aient pas manqué jusqu'à ce que l'envie nous ait passé d'imaginer le futur moins volatil à l'autre bout du monde, à bord d'un voilier que nous étions prêts à payer n'importe quel prix sans sourciller ni juger excessives les sommes engouffrées dans son achat. De sorte qu'avec l'argent dilapidé pour ce ketch, en fin de compte, on aurait pu s'offrir à l'aise un immeuble à cinq étages, avec ascenseur et concierge, au cœur de Paris, mais sous réserve de brader l'entêtement suicidaire auquel nous tenions comme à la prunelle de nos yeux.

Paris valait peut-être une messe, mais bien davantage notre rêve de bateau.

Ce soir-là, après un festin consolateur de pizzas calzone du côté d'Alésia, nous évaluâmes notre fortune à cinquante francs, mon frère et moi. De quoi se sentir un brin vulnérable au pied des lendemains quels qu'ils soient, non ? Pas du tout. Sentiment d'invulnérabilité intact chez lui et moi. Deux jours plus tard, un legs intempestif – appelons ça une aubaine – allait remettre la coque nue du ketch au centre de nos efforts immédiats. Pis, nous avions maintenant de quoi l'habiller, une vraie mise en chantier pouvait démarrer.

Sur ce, mon frère et moi prîmes nos quartiers d'avenir en cette étrange et magique ville de Lorient, chère à Tabarly, où notre Tobagos prenait forme au port de pêche à quelques pas d'une eau grise exhalant une forte odeur de poiscaille et de fioul.

Avec cet ouvrage absurde auquel nous entendions participer de nos mains, il s'agissait pour nous de faire notre deuil de quelque chose, je n'ai jamais très bien su quoi. Cependant j'affirme que pas un voilier, fût-ce un ustensile dément comme le Tobagos 50, ne se construit sans arracher le meilleur de son âme à celui qui l'a voulu.

12

Cette âme indéfinissable que le bateau ravit aux proches du marin, Éric ne va plus cesser de l'offrir à *Pen Duick*, après 1956, tout comme il offrira ses mains, ses yeux, sa santé. Il en est toujours à sa première mésange noire, trop vieille et trop amochée pour s'envoler. Qu'à cela ne tienne : il va lui transfuser un sang neuf, le sien.

Que dit l'ami Costantini, l'expert, appelé à se prononcer ? Ton bateau est foutu ? C'est ce qu'il dit ? Il est foutu ? Rien que pour ça je vais le remettre en état !

Cet échange amical a lieu en présence du patient résigné dans la rivière de La Trinité, à Pen-Foul. Le docteur aimerait pouvoir signer raisonnablement le permis d'inhumer. Mais, chaque fois qu'il entend des mots comme *foutu* ou *mort*, Éric répond d'une voix tranquille : « Ressuscite-le. » Ce n'est plus un gamin qui déraisonne et prend ses désirs pour des réalités. Il a fait ses preuves en avion, gagné son macaron de pilote de combat, et c'est pour entrer à Navale, la prestigieuse école des officiers de marine, qu'il ne s'est pas rengagé dans l'armée de l'Air. Il a de l'argent bien à lui, ou croit en avoir, des dizaines et des dizaines de soldes inentamées, de primes d'éloignement, tout ça pour les beaux yeux d'un voilier perdu. Alors ne lui dites pas qu'il est foutu, de grâce, car il ne l'entendra jamais de cette oreille. Il y va de sa mémoire d'enfant et d'une mémoire plus ancienne encore, ce rêve épars que les marins se transmettent au fil de la nuit des temps, l'écho du premier appel lancé par l'océan quand le Déluge prit fin. Une colombe, un brin d'olivier, une mésange noire…

— Ressuscite-le !

Avec la meilleure volonté possible, et n'étant pas celui qui dit : « Lève-toi et marche », l'ami Costantini ne saurait remettre au monde ce voilier d'ores et déjà défunt – foutu.

Costantini non. Éric oui.

Ce n'est certes pas moi qui risque d'insinuer là un diagnostic irréfléchi. *Pen Duick* ou non, Fife ou non, élégant ou pas, singeant ou non à la perfection une carène en bon état, le bois pourri reste le bois pourri. Combien de fois, dans la rivière de Toul-Ar-Bara, me suis-je désolé à bord de gabares ancestrales qui me semblaient lâchement abandonnées par les équipages, prêtes à retourner chasser l'horizon. Un bon coup de peinture, à la rigueur. Un bon coup de peinture et la gabare pouvait appareiller. Le bon coup de peinture, on en revient toujours à lui quand les flancs du bateau suintent à longueur de bordés, qu'une ancienne ligne de flottaison se rappelle vaguement avoir été rouge et tracée au cordeau, que des vestiges de vert alternent çà et là sous la crasse avec le noir, qu'une bonne mine bien rafraîchie proclamerait à tort et à travers une bonne santé. Rien ne manquait, ou si peu, sur ces vieilles bougresses de gabares aux oubliettes. Les mâts, les haubans, la barre, la corne de brume, la cabine aux vitres fêlées, le treuil, la chaîne d'ancre…

Par endroits, le pont était crevé, les trous laissaient voir la masse luisante du moteur baignant dans les fonds, et quand on approchait son nez, une forte odeur d'huile et de rouille confinée vous assaillait. Toute cette rouille à l'œuvre sur des bateaux en bois, toute cette clouterie qui se désagrège en pissant l'automne. Tous ces câbles ballants ou bien accrochés à leurs caps-de-moutons qui s'effilochent. Tout ce lent retour à la grève, à la nature, à la pluie, tout ça criant d'accords secrets avec le mystère de la destinée humaine.

Éric le sait bien qu'il est fichu, son *Pen Duick*, il n'a pas besoin d'un expert naval pour lui faire un dessin. Depuis tout petit, c'est un familier de cette marine en bois qui s'efforce d'avoir l'air immortel, même après la mort, même ensevelie dans la vase ou déchiquetée, si lente à se consentir disparue. La résurrection du *Pen Duick*, il n'attend rien d'autre de Gilles Costantini, et il attend de pied ferme.

Si le lecteur ne s'en souvient pas, rappelons quels monstres sacrés, et néanmoins raffinés, étaient les frères Costantini pour les marins, au début des années glorieuses, âge qui vit la plaisance succéder au yachting des nantis à boutons dorés, et les skippers de chez nous tailler des croupières à leurs homologues des eaux septentrionales, indignés d'avoir à talonner les *froggies*.

L'ami Costantini est originaire de Mestre, et les hasards de l'amour l'ont fixé dans le Morbihan, à La Trinité. Il est aussi doué pour l'art que pour la mer, deux violons d'Ingres ou passions dont il a fait un seul métier en installant à Saint-Philibert, la rive sud de La Trinité, un chantier naval en bois spécialisé dans le neuf, l'ancien, le jamais vu – spécialisé dans le travail perlé. Il a lui-même un bateau, bien sûr, petit chef-d'œuvre à l'italienne, un cotre de cinquante pieds, le *Margilic*, du nom des trois fils qu'il a eu le bonheur d'engendrer, les jumeaux Gilles et Marc, et Jean-Paul dit Jean-Lic. Le père est copain de Guy, père d'Éric. Les fils sont amis d'Éric.

Habitué du chantier, Éric en apprécie l'odeur de bois tranché, raboté, percé, scié, coulé, réduit en copeaux, en poudre, façonné en bateau. Il en apprécie la chaude atmosphère d'entreprise familiale, ritale, ces murs où l'on casse la croûte entre les voiliers en construction, où chacun peut donner un coup de main. Il en aime l'esprit tourné vers l'innovation, la régate, la belle vitesse du vent apparent soufflant au service d'un voilier justement conçu dans ses œuvres hautes et ses œuvres vives, sa mâture et sa carène, son rendement aux allures de finesse ou plus arrivées, son aisance à virer. On n'est pas de la race des as du volant sans rechercher sous la mine du crayon l'idéal profil d'une bête de course à voile, ou d'une bestiole, ou d'un simple jouet sans prétention hauturière, dessiné uniquement pour contenter les rejetons du baby-boom avides d'apprendre la mer par cœur.

Rien que de naturel si c'est à Gilles Costantini qu'Éric s'adresse un beau jour de mai pour l'inviter à consacrer ses talents d'orfèvre naval aux restes bien conservés du Fife, et rien d'étonnant s'il répond au verdict sans appel en suggérant un miracle. Un miracle, ça c'est une preuve d'amitié.

C'est au restaurant que l'Europe libérée se vit redéfinie par les nouveaux chefs du monde civilisé : c'est au restaurant, avec l'ami Costantini, qu'Éric hasarda pour son bateau le principe d'une réincarnation réaliste, le premier des eurêka navals qu'il allait multiplier. Autant de miracles, autant d'étincelles qui lui valurent de survivre en mer et de s'y retrouver dans la peau du vainqueur.

La peau, justement. *Pen Duick* n'est plus ? Peau neuve. Mue intégrale. Polyester. Pourquoi réserver cette invention magique aux seules petites unités, les youyous, les pêche-promenade ? Coefficient d'élasticité ? Il suffit de cloisonner. Réaction chimique aléatoire, décollement ? Facile à réparer. On perce, on graisse, on enduit. Rien à perdre, d'ailleurs. Fortune, sourire, audace : qui ne tente rien n'a rien. La suite est connue, mais pas sûr…

Éric envisage *a priori* de plastifier la coque en bois et de la cuirasser, puis, voyant renaître le bateau, ayant démenti son trépas, il se fait à l'idée qu'elle encombre l'ensemble et qu'il peut la déposer sans offenser sa petite mésange tutélaire qu'il prépare à certains voyages… Les eaux britanniques sont dans le cadran nord, une journée ronde à vol de *Pen Duick*. Là-bas la patrie des tournois à la voile où se risque parfois le *Margilic* des Costantini ; là-bas le meilleur ami de l'homme a pour nom bateau, du plus *Endeavour* au plus subtil des mouille-cul à membrures de niangon bouillies, pointées de cuivre et bordées à clin ; là-bas le bateau est femme, ventre parfait qui vous sauve la vie.

L'Angleterre… Éric l'admire, il ne la craint pas. L'aime-t-il ? Point trop n'en faut. Il l'aime, oui, pour la défier, lui placer dans l'amour-propre une épine irritative dont les démangeaisons font mal encore aujourd'hui.

Éric a bien réussi son coup.

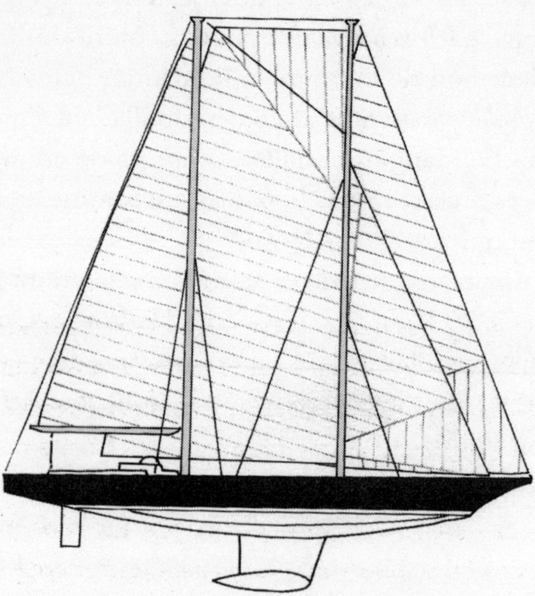

Pen Duick III

13

J'ai toujours pensé que les années révélatrices du génie marin d'Éric débutaient par le sauvetage du *Pen Duick*, en 1957, quand, *boulinard* et *zèbre* à l'École navale, aspirant, il occupait tous ses loisirs et permissions à retourner poncer chez Costantini, poncer, enduire et poncer encore les sept peaux croisées du voilier miraculé. Fastidieux, direz-vous, éprouvant pour le muscle et pour les bronches, admirable d'acharnement thérapeutique, mais génial, non…

Apprenez qu'il a fallu sortir *Pen Duick* de sa vasière de Pen-Foul, et, lest déboulonné, aménagements intérieurs déposés, le retourner quille en l'air avant son transport sous les hangars du chantier.

Mais qui sait comment retourner à flot un bateau en bois massif de quinze mètres de long et, l'ayant retourné, le maintenir en équilibre sans le fracasser peu ou prou à marée descendante ? L'ami Costantini lui-même n'en sait rien. Moins malaisé de mettre une maison cul par-dessus tête. D'accord, Éric a la solution. Et tout au long de ces pages il aura la solution. Et ces pages n'auraient évidemment pas vu le jour s'il avait un seul jour failli à ce chic bien particulier d'avoir la solution quand personne ne l'avait et que tous les regards se portaient sur lui, et que la situation sentait le désespoir à plein nez.

Qu'est-ce que j'y peux, moi, si Éric, sur un bateau en difficulté, est celui qui dit, comme allant de soi : « Je crois que j'ai une idée… » Et la difficulté s'estompe, on arrive à bon port, quelquefois même on a gagné la course. Et régulièrement l'idée que les autres aimeraient avoir, la bonne idée qui soulève le monde et calme les flots, c'est lui qui l'a. Jusqu'à la nuit du 13 juin 1998 où, contre toute attente et malgré une petite mésange noire, quelque chose lui arriva…

Et je devrais m'expliquer à présent sur le procédé rustique, efficace et pour le moins sensationnel qui permit un retournement auquel personne ne croyait ?… Personne, excepté Yvonne, la mère, la seule à ne pas douter que son fils aîné pût entrer à Navale et par la suite accomplir l'œuvre que son mystère et sa force laissaient présager : remporter l'Ostar après avoir disparu tel un péri en mer, et tout cassé des aides électroniques à la navigation, mécaniques aussi d'ailleurs, comme si, déboulant au large à bord d'un coursier qui file à douze nœuds jour et nuit, on n'était jamais si bien servi que par soi-même.

Va pour l'Ostar, le défi transatlantique, mais quelle mère au monde aurait parié une goutte de son lait maternel sur les chances de survie d'un tout grand fils pris dans l'ouragan qui secoua l'archipel des Loyautés, en Nouvelle-Calédonie, le 17 janvier 1968 ?

J'en ai déjà parlé ? J'y reviens. J'ai prétendu que le vent soufflait à soixante-dix nœuds, ce soir-là. J'ai menti. Tabarly avance le chiffre de cent nœuds pleine face entre le petit atoll d'Ouvéa et Nouméa. Il n'y avait plus d'anémomètre qui résistât sur le bateau, tout s'arrachait. Il y en avait à la base aéronavale de Nouméa d'où l'on fit décoller des Bréguet Atlantique au petit matin, nullement pour sauver quiconque du delirium atmosphérique retombé, mais voir si la mer, dans son immense bonté placide, après l'océano-choc de la nuit, consentait un semblant d'épave à signaler. Pas à soixante-dix nœuds, pas à cent ni cent dix : le vent avait parfois soufflé à cent trente nœuds, cette nuit-là, sur le *Pen Duick*, et tout l'équipage d'affirmer – Guégan, Kersauson, Colas, English – que Tabarly ne s'en faisait pas outre mesure. On marchait bien. La coque tenait bon. Il avait son idée. Quelle idée, Éric ? Fais marcher, mon gars ! Fais marcher ! Les coulisseaux de grand-voile explosaient l'un après l'autre, la grand-voile entière s'envolait et restait accrochée par quelque manille en tête de mât, sous la pression d'un tel vent, d'une telle pluie qu'elle ne battait pas. Le mât va tomber, Éric, c'est sûr. S'il doit tomber il tombera, mon gars, fais marcher ! Autrement dit : tais-toi, chôme tranquille, serre le vent ! La voix, les mots dans un tel barouf que, pour s'adresser au barreur, on doit lui coller sa bouche ruisselante contre l'oreille. Le vent est à l'ouest, les coraux au nord, intérêt à serrer le vent sans trop dériver. La grand-voile s'arrache du mât, fais marcher. Le vent forcit encore, on amène le tourmentin, ce qui revient à devoir terrasser sous les grêlons une voile aussi cinglée qu'une bête de rodéo. Et là, Éric, c'est quoi, l'idée ? On est en cape sèche, les gars, on peut dormir, il marche tout seul. Les coraux ? Parés. Le vent ? Va mollir. Le bateau ? Du bon bateau. Cette nuit-là, sur le *Pen Duick*, il y avait une femme et son enfant. Éric avait son idée, sa petite idée…

Il ne la perdit, sa fameuse idée, que passé l'âge où l'homme s'aperçoit qu'il naît aussi pour vieillir, souffrir et, selon toute vraisemblance, n'être plus.

La description minutieuse, argumentée, irréfutable quant aux lois mécaniques sollicitées et celle, jubilatoire, du retournement du voilier, est au moins du ressort d'un professeur de lycée, vous en conviendrez – lycée, théâtre, amphithéâtre –, où, si j'ai quelquefois brillé, c'est par mon absence : alors, modestie !

Imaginez flotteurs, poulies havraises, sangles, leviers, ballastage, grande marée, chaland submersible et submergé, rotation générale du bas vers le haut, chariots attelés, treuils, tracteur, convoi exceptionnel parmi les fleurs de lait du mois d'avril, jusqu'au chantier naval, sous la pile sud du pont de La Trinité.

Tout reste à prouver, le simple geste de retourner un cadavre sur le dos ne suffisant pas à lui rendre la vie. Il n'y a plus qu'à s'arracher la peau des mains pour mettre à nu ce bois dont il est douloureux de constater que les pièces en pitchpin sont comme neuves, à cinquante ans d'âge. La fête continue. On lisse et on cire, on pose les bandelettes de polyester, on stratifie, on enduit au kaolin, on ponce encore et l'on dirait la malédiction sans fin d'un conte cruel, jusqu'au jour où se présente une théorie de six ouvrières ostréicoles, femmes de main venues prodiguer leur aide et leur force au voilier. À Pâques 59, crève-cœur, on détruit les bois. Nouveau retournement, reboulonnage du lest, mise en flottaison. *Pen Duick* a fait peau neuve, et même ossature neuve. Il ne s'est rien conservé, sur le nouveau, du Fife d'origine, hormis quelques ferrures en laiton et l'âme d'une mésange noire prête à se multiplier autant de fois que les bateaux d'Éric, en bois, en métal, en plastique, emporteront le talisman de son nom terrestre au-delà du vent.

De *Pen Duick* il fait *Pen Duick Ier*, le Roi.

Tant de fois l'avenir paraît aussi bouché qu'un horizon pris dans le smog, quand le meilleur de la vie s'apprête à vous illuminer. Aide-toi, aide le ciel ! L'homme se fait en se faisant, c'est sûr, aussi vraiment qu'il se défait en ne faisant rien. Le rendez-vous qu'Éric s'imaginait avoir avec le bateau mal en point se doublait d'un rendez-vous aléatoire, nécessaire, avec lui-même, le plus grave étant, pour le Terrien, de poser un lapin à l'homme qu'il aurait pu devenir.

Il ne s'y trompe pas. Le coursier qu'il possède est sorti de ses mains à lui. Qui donne, qui reçoit ? Qui sauve, qui est sauvé ? Lui sait très bien quel symbole de victoire sur les mauvais augures il s'est forgé. Il est enseigne de vaisseau, capitaine d'un engin militaire, mais sa vocation c'est la course au large et les coursiers à voile, il n'en démordra plus.

Que fait-il, d'ailleurs, découvrant que *Pen Duick* est un médiocre coursier ? Qu'il est démodé ? Qu'il ne faut pas compter sur lui pour damer le pion aux Anglais du côté du Fastnet, ni dans ce Channel où les plus fins régatiers se rient des *froggies* assez vains pour venir les titiller ?

Contre mauvaise fortune bon cœur ? Il met en sommeil ses ambitions nautiques ? Pas du tout ! Il tire au sec le voilier, chez Costantini d'abord, puis au port du Crouesty où il restera vingt ans, bâché sur un terre-plein. Il déclare à l'ami Costantini qu'il lui faut un autre bateau, plus nerveux, un gagneur. Il entend voir jusqu'où il peut aller trop loin vers l'ouest, l'Union Jack à ses trousses.

Il a ouï dire que s'était disputé un championnat transatlantique, en 1960, gagné par Francis Chichester sur *Gipsy Moth*, un cotre de douze mètres, en vingt-sept jours. La prochaine dispute était fixée à mai 64. Très bien, il y serait. Il n'en dit guère plus : j'y serai.

Il y est déjà. Il n'a la tête à rien d'autre que la course et l'entraînement. Il vit isolé comme un reclus dans son rêve. Physiquement, il est fin prêt. Il s'endurcit au froid, dort fenêtres ouvertes en grand, comme à l'École navale où ses camarades crachaient leurs poumons à cause de lui. Il se muscle à la godille, à la rame, aux écoutes, à la corde, heureux de ses biceps herculéens. Il lui faut des permissions, il les obtient sans peine, la Royale appréciant à sa juste valeur cet officier qui ne sort des bateaux gris que pour hisser les voiles d'un bateau noir, mû par le vœu secret de faire oublier Mers el-Kébir et Toulon au pavillon français. Et si la cocarde n'est pas son principal objectif de marin, il n'en est pas moins ravi d'arborer largement ses trois couleurs à la poupe du voilier.

Il sort par tous les temps sur le Tarann des Costantini, sloop dont il apprécie la légèreté. Longueur : neuf mètres. C'est bien peu pour Éric. Il n'a pas l'argent, pardon : *les sous* d'un bateau plus grand. Il est de ces nouveaux loups de mer à voile qui préconisent les bateaux véloces, agiles, contre les partisans des voiliers lourds, prétendument plus marins et plus sûrs. Il est prêt à courir sur Tarann. Le *Dieu du vent*, après tout. Il arrive qu'il embauche des équipiers de fortune qui se laissent volontiers *shangaïer* par les skippers, sur les quais de La Trinité.

Il me *shangaïe* un jour d'avril 63, m'embarque avec lui pour la journée. C'est arrangé avec l'école de mer où je suis, à Groix, mais jusqu'à la dernière seconde je me pince, émerveillé. Éric Tabarly ! Il n'a pas gagné grand-chose que déjà l'aura du vainqueur est sur lui. Il se dit dans tous les bistros des ports, et dans tous les carrés trempés, à la lueur des lampes au kerdane, d'Audierne à Sterwen, à Saint-Malo, qu'un jeune dur à cuire breton va traverser la mer au départ de Plymouth, et qu'il pourrait bien moucher l'Anglais.

L'Atlantique à la voile, en 64, et pourquoi pas prendre la lune dans ses filets ? Quels inconscients l'ont jamais traversé ? On connaît le *Fire-Crest* d'Alain Gerbault, l'homme à la poursuite du soleil. On ignore éperdument la centaine de va-nu-pieds, ou misanthropes richissimes, ou jeunes veufs en rivalité bête et méchante avec le Créateur, qui sautèrent sur des sloops non pontés, ne faisant pas cinq mètres, et relièrent l'Europe à l'Amérique ou l'inverse, au XIXe siècle, et n'en moururent pas. Ils s'en trouvèrent mieux, guéris. D'autres en moururent à la faveur des eaux creusées par le vent, guéris aussi, heureux d'avoir enfin trouvé le trésor qu'ils cherchaient : un ventre d'éternel retour épanoui pour eux, refermé sur eux – y dormir profondément.

Même pas des marins, non non, quelques acharnés parmi les fous et les sages de la mauvaise troupe humaine, des bûcherons, banquiers, marchands, voleurs, moines couseurs de peaux de vache, fils de famille désireux d'aller-voir-là-bas-si-j'y-suis quand je viens d'Atlantic City, direction Palos de Moguer, seconde patrie des gerfauts dans le Sud espagnol.

Un nom de fraîche date circule : Jean Lacombe. Par quel bout l'admirer, celui-là ? Difficile d'apercevoir la prestance d'un capitaine courageux chez cet ouvrier maroquinier qui n'avait ja, ja, ja, ja, jamais navigué, ohé, sinon batelier sur la Seine, entre Suresnes et Saint-Cloud, avant de choisir la mer pour destin. Courageux et capitaine, il l'est bel et bien, somptueux spécimen de l'aventure océanique moderne. En 1955, sur un *Hippocampe* à voile fait main, quatre mètres cinquante hors tout, tirant l'eau à un mètre vingt, il avait imaginé faisable d'aller de Toulon à New York, via Mazagan, Tenerife, San Juan, et quinze mois plus tard il jetait l'ancre à Brooklyn, en parfait accord avec son rêve d'enfant. En 1960, il s'alignait au départ de la course atlantique anglaise à bord d'un Cap-Horn, voilier de série, plutôt moins sûr que l'*Hippocampe* à la mer. Et c'est d'un Golif, six mètres vingt hors tout, qu'il serait le commodore en 64, à Plymouth, pour se mesurer aux rusés renards de Sa Gracieuse Majesté, à l'instar d'Éric Tabarly qui, lui, connaît bien l'océan que nul ne connaît assez pour en parler sans trembler ou croiser les doigts.

Éric ne s'étend jamais sur le sujet. Ça s'est bien passé. Mal passé. Je crois que j'ai une idée.

Il me serre la main, une poigne franche. Il n'a pas les yeux bleus, mais ils sont bleus dans mon souvenir. Je me sens transparent, inexistant. J'ai l'impression qu'il regarde la mer à travers moi, qu'il est habitué à regarder si loin vers l'horizon que l'horizon s'est imprimé dans son iris. C'est par les yeux qu'il fait corps avec le corps de l'océan. Il a un coup d'œil pour mes pieds chaussés de bottes. Il ne dit rien. J'ai appris depuis qu'il appréciait les équipiers à bottes par temps humide, et rappelait gentiment à l'ordre les porteurs de baskets, toujours prêts à s'enrhumer. Un calme fatal, très doux, l'environne. Comme de la bonté. Une impression que j'ai souvent ressentie devant les skippers de haute mer : Jean Le Cam, Franck Camas ou feu mon ami Marc Linsky. On pourrait mourir à côté d'eux, on n'en voudrait à personne. On se laisserait glisser. Non que la mort soit l'obsession du marin, mais il est admis que le destin fait partie du jeu, en bateau, lorsqu'on fait sienne la puissance des éléments, la force des dieux qui nous ont mis les pieds sur la terre ferme.

À bord, nous sommes trois. Le troisième ? Aucun souvenir. Je m'active à la manœuvre, ou plutôt je m'agite, désireux d'être bien vu. Je déborde le quai à la botte, assis sur le pont et cramponné aux filières. Chaque fois que je peux attraper un bout, une drisse, une écoute, je montre ma bonne volonté. Éric ne dit rien. Ce don qui l'a rendu célèbre est inestimable dans un cockpit où le boute-en-train, le rieur incapable de la fermer risque bien de finir par-dessus bord.

Éric me confie la barre et disparaît dans la cabine. Le cap ? Comme ça. Pas un mot de plus : comme ça. En zézayant un peu. Je n'ai pas remarqué qu'il zézayait. J'ai écouté la voix posée d'un grand frère qui me veut du bien.

Allons-y comme ça. Vers un suroît qui nous amène à gauche de la Teignouse, ce gros sucre blanc serti dans un ciel de plomb. Ça ne piaule pas, mais ça devrait piauler. Ça commence à piauler. Instable le vent, en baie de Quiberon. Détail important : je me flatte, enfant des abers et de tous les canots à moteur, à rame, à voile de l'après-guerre, les fosses nasales tapissées d'un mélange d'iode et de gaz brûlé, les trompes d'Eustache exercées à tous les roulis, je me flatte d'ignorer le mal de mer. Eh bien, nous n'avons pas plus tôt quitté le chenal de La Trinité pour les eaux libres de la baie que le mal, le honteux mal s'empare de ma conscience et de mes entrailles. Ce n'est pas à la peau qu'il en veut, la peau va plutôt bien si ce n'est qu'elle a froid. Il s'en prend au moral, il vous change en bloc de mélancolie, un bloc à vomir.

Je sais tout sur les remèdes de bonne femme et de bonhomme de mer qui vous réparent les victimes de cette langueur. Siroter les yeux écarquillés une bolée d'océan. Mâcher des granulés de thridène, un extrait sec de cœur de laitue. Se masser le tour des narines à la sécrétion glandulaire de castor, un liniment que tout capitaine a raison d'avoir sous la main. Manger un demi-camembert arrosé de picrate bu au goulot. Ça passe ou ça repasse. Appliquer évidemment la règle d'or qui prévoit que tout malade en butte à des aléas péristaltiques tourne le dos au vent apparent et se tienne agrippé au balcon, son orifice bucal au-dessus de l'eau.

Je ne souffre pas du mal de mer, je souffre du mal d'Éric. Je suis intimidé. Lorsqu'il reprend la barre, j'observe ses mains, de larges pattes hâlées, bien dessinées, les doigts forts de longueur moyenne –

j'exècre les interminables phalanges d'inquisiteur. Mon père a d'aussi belles mains qu'Éric, les mains d'un homme de bonne foi dont les gestes prolongent les intentions et disent bien qui il est.

Nous passons le chenal des Éclassiers où brise et courant battent en neige un clapot couleur taffetas. On va lancer le spi, dit Éric. Ce qui signifie : *tu* vas lancer le spi, mon gars… À quatorze ans, ce n'est pas mon point fort, le spi. J'ai régaté en baie d'Argenton sur des Vaurien à spinnaker qui s'établissaient d'eux-mêmes. On ne parle plus d'écoutes, ici, mais de bras. Je n'ai rien dit pour le mal de mer, je n'en dis pas davantage pour le spi, foc introuvable sur les baleinières où j'ai appris à flairer la brise. Le sac est à poste, heureusement pour moi. J'extrais les trois points d'amure, les trois couleurs. J'ai l'impression de voir un bonnet à clochettes de bouffon. Brusquement, les mains d'Éric sont là, les mousquetons claquent sur les œillets. Le spi est en l'air, le voilier fait un bond, Éric est à la barre et tout s'est déroulé comme en un mirage.

J'ai quelque peu oublié le détail des manœuvres que nous enchaînons ensuite entre Belle-Île et Houat. Dans la soirée, nous empruntons le passage à la côte des Sœurs, au nord de Houat, pour regagner la baie. J'entends qu'il est question d'une escale au Bono, le port miniature de la rivière du

Bono, dans le golfe du Morbihan. Il fait nuit quand nous rentrons au louvoiement dans La Trinité.

— C'était bien ? me dit Éric avec un sourire affectueux, lorsque nous nous séparons, le bateau rangé.

Je rejoins le Golif de l'école de mer où j'ai ma bannette et mon sac. Alors, c'était bien ? On mange des raviolis, on tord le cou à une fillette de jaja. Je raconte. Je n'ai rien à raconter. C'est tout ? C'est tout. J'ai la gorge sèche au moment d'étaler pour mes copains le récit de ma première sortie au large avec Éric Tabarly.

Quelque chose les aurait passionnés. Ce quelque chose, une historiette anodine apparemment, ne prend l'exactitude optique d'un souvenir éclatant, presque instantané, que trente-cinq ans plus tard, le 14 juin 1998 à 7 heures du matin, quand, les larmes aux yeux, j'apprends la nouvelle à la radio : la fin probable d'Éric Tabarly.

J'ai sous le nez un bol de café au lait. Éric n'en buvait pas. Le toaster éjecte deux belles tranches de pain au pavot que je m'apprêtais à beurrer-saler largement. Il aimait les pâtes, les pâtes aux oignons. Les larmes aux yeux, je revois l'assiette de pâtes aux oignons fumantes qu'Éric m'a servie lui-même à la barre du Tarann. Le dieu du vent, le dieu des nouilles. Les meilleures que j'aie mangées de toute ma vie. Les nouilles indétrônables d'un souvenir enraciné désormais dans les deux au-delà de la mémoire et du destin clos.

Quelque chose pouvait donc arriver à cet homme né pour embellir les vertus héroïques de l'homme, traverser l'horizon qui n'existe pas, récompense ultime du marin faisant vœu de franchir la ligne invisible entre celui qu'il était au départ et celui qu'il sera peut-être au bout du môle, après les orages et la peur de la traversée.

Éric, le 13 juin 1998…

Dans mon théâtre intérieur, je revivais la journée en mer avec lui. J'avais le sentiment d'apostropher un vieux pote qui s'est rendu coupable d'une méga connerie, et qu'est-ce qu'on peut faire, dis-moi, maintenant qu'il est trop tard, que c'est foutu ? Nous voilà bien avancés, avec nos larmes, encore de l'eau, encore l'océan, pour aller où ?

Autre chose était arrivé ce jour-là, sur le Tarann, un fait précis que j'avais expressément oublié de peur d'usurper un souvenir. Oubli forcé. Nous venions de contourner les buissons de Méaban, un vague îlot cerné d'une pacotille de rocaille à fleur d'eau qu'il est préférable d'arrondir en grand. Éric est parti changer une voile d'avant, un grand génois, boulot qui aurait dû me revenir, mais après tout il cherchait à s'entraîner et m'utilisait comme un pilote automatique, lui faisant le grouillot du bord.

Eh non, pas attaché : un harnais vous sauve la vie aussi souvent que le gilet situé sous votre siège à bord de l'avion qui se rétame entre deux méridiens océaniques…

J'ai les yeux fixés sur une bouée qui se dandine en travers du courant et que je dois impérativement doubler par la droite. Le flot me dépalant du mauvais côté, je serre le vent. Il commence à faire nuit. Je ne comprends pas la manœuvre en cours. Le grand génois est toujours à poste et le bateau gîte à mort, les passavants dans l'eau. Le bateau se vautrant, et quitte à entendre causer du pays, je laisse le voilier monter au lof, et le génois se met à claquer bout au vent. Où est Éric ? L'angle d'étrave est désert, la voile porte à contrevent, les écoutes bordées sur l'autre amure. J'aperçois la bouée penchée dans le friselis d'un courant qui cherche à me pousser dans sa direction. Quelques mètres plus loin, ce sont les hauts-fonds. Les pics émergents ont une sale gueule de mâchoire de squale attendant la becquée. Je crie : « Éric ! » d'une voix étouffée. Je ne sais vraiment plus quoi faire, et le troisième homme est parti dormir. Je vais de nouveau crier quand je croise le regard d'Éric à l'avant du voilier, et ce regard me dit :

— Tu n'as jamais vu ça, mon gars, tu l'effaces de ta rétine et tu n'en parles à personne.

Aussi bien je chasse de ma rétine une vision qui disparaît jusqu'au 13 juin 98, quand, penché sur mon café, je revois l'ombre d'Éric en train de se hisser à bord du Tarann par le balcon, tombé à l'eau je ne sais comment, en essayant de faire je ne sais quoi.

La mer pardonne. Elle n'avait que trop pardonné, ce 13 juin 98, à minuit et des poussières.

14

Il eut un premier bateau qui fut vendu, un second dont il empêcha la vente et fit un chef-d'œuvre à la manière dont les prêtres égyptiens célébraient les morts, en les momifiant. Il connut la guerre, il regarda flamber les Spitfire étincelants dans l'azur de Saint-Nazaire, il eut très tôt conscience du danger.

Il sombra dès son plus jeune âge en testant malgré lui les théories d'Archimède, sur une périssoire sanglée depuis des lustres au plafond d'un garage. Il erra quelque peu dans les études ou dans ces livres que l'on attache aux mains des adolescents pour que ce soit là, et nulle part ailleurs qu'ils explorent une espérance pratique de l'avenir. Il eut des hélices en drapeau sur les avions qu'il pilotait au-dessus des sables d'Arabie. Il connut des filles aux yeux de braise et d'or au hasard des bleds. Il voyagea dans son cœur, sous ses pas, géant d'une odyssée qu'il convoitait sans qu'il y parût, sans que les mots vendissent un poil de l'ours qu'il allait terrasser. Il serra la fraîche dans un vieux portefeuille assuré par un caoutchouc rose, où les photos des siens côtoyaient les billets épinglés, neufs, crasseux. Il faillit se saouler à mort à Saigon, chanta la complainte de Jean Quemener au Siam, lieudit breton s'il en est entre Penfeld et cours d'Ajot. Il pleura sur les occasions perdues, joua aux échecs à Istanbul avec la sœur du Sultan, vogua plus d'un mois sur une chaloupe à la dérive où l'équipage affamé suçait la bourre des amarres desséchées. Il fut à Barcelone, à Manille, Rangoon ou Surabaya, et s'il ne prit pas les eaux sacrées du Gange, c'est uniquement parce que sa marine à lui s'appelait *Pen Duick* et qu'il avait laissé les Indes à Christophe Colomb.

Vous savez quel passage il préférait dans la Bible ? « Et ils partirent pour Ezron-Gaber et plantèrent leurs tentes dans le désert de Sion qui est Kadesh. Et ils partirent de Kadesh et plantèrent leurs tentes à Hor, aux lisières du pays d'Edom… Et ils quittèrent Zalmonesh et campèrent à Punon. Et ils quittèrent Punon et campèrent à Oboth… Et ils quittèrent Almondib-lathaim et campèrent dans les montagnes d'Abarim, devant Nebo… » L'errance, l'exil. Son almanach n'est pas celui des prophètes ou des muses, mais bien du marin breton dans sa bougeotte universelle, bédouin du flot errant, campeur ici, campeur là, sur le départ, toujours : l'ailleurs, retour de fortune, la partance au bout du môle, la ligne d'espoir à tracer.

C'est aujourd'hui, à trente et un ans, qu'il se voit et se veut comme il ne cessera plus d'être, consacré aux défis hauturiers sur des bateaux fignolés pour vaincre aussi bien la longueur du temps, les minutes d'angle mercatoriennes, que l'eau dans ses mille avatars saisonniers.

On dira qu'il était d'abord un coursier, plus encore le marin des bateaux que celui des mers, et qu'il a beaucoup tu son émotion pour un amoureux du grand, du vieil océan. Ah bon ? Qui formula jamais, raconta, narra, décrivit le pittoresque état non sentimental de l'être humain balancé dans les hallucinations du flot, les sens et l'âme drogués sous le mirage incessant du midi, du minuit, le futur antérieur, la mémoire au complet réunie dans le réduit du cockpit, avec les aboiements du chien et l'odeur des crêpes, les ombres encornées des vagues à l'arrière du bateau… Qui ? Les écrivains ? Conrad ? Lowry ? Melville ? Hugo ? Chateaubriand ? Les navigateurs ? On lit les journaux de bord et la mer n'est plus un secret pour le Terrien ? Les naufragés repêchés aux trois quarts fous après leur saison en enfer ? Personne. Personne ne l'a dit. On peut parler à l'infini, bien sûr, témoigner si l'on veut, filer courageusement la métaphore océanique, estimer que la phrase est là pour tout mettre en scène, en émois, on peut oser les accords délirants d'un Lautréamont bancal pour étirer la page aux dimensions *du grand bleu appliqué sur le dos meurtri des mousses*… Et après ?

Le mot s'efface au contact de l'eau. Indicible, la mer, indicible le chassé-croisé de la mer et du rêve humain. Silence. Éric le garde pour lui, le silence de la mer, le motus des traversées qu'il accomplit en lui-même en traversant les houles, et s'il n'est pas Alain Gerbault qui tourne le dos aux mensonges des civilisations, il n'en cherche pas moins l'innocence au large, au plus loin.

Peu après notre balade en mer se répand jusqu'à Groix la nouvelle que notre champion, dont je me flatte à cor et à cri d'être l'équipier, s'est lancé dans la construction d'un voilier. Il maîtrisait si bien la navigation des Tarann ou des Margilic, à toutes les allures, et quelle que fût la dernière lubie du baromètre, qu'il désirait courir la solitaire anglaise, en 1964, sur un bien plus grand bateau. Si le vieux Chichester, autre phénomène de l'aviation, avait gagné la Transatlantique avec un Gipsy Moth de quarante pieds, en 1960, rien ne l'empêchait d'en faire autant.

Comme de bien entendu, il avait son idée. Éric va représenter lui-même le plan du voilier qu'il rêve de barrer dans l'Ostar. Ce n'est d'abord qu'un dessin grossier qu'il charge l'ami Costantini de changer en épure. Le principe y est. Navire étroit par petit temps, gagnant en largeur et stabilité par temps frais. Navire tour à tour filant ou puissant. Géométrie variable, en somme, avec une généreuse longueur d'au moins quarante-trois pieds. Impossible ? Au contraire ! On tire le meilleur parti du contreplaqué, chez Costantini, on démontre avec brio que la coque arrondie, dite en forme, toujours plus chère à réaliser, ne donne pas forcément les meilleurs résultats à la mer. Le fameux *bouchain vif*, l'angle obtenu par assemblage des panneaux – comme sur Corsaire ou sur Vaurien –, est facteur de stabilité ; mais aussi une surface mouillée variable selon qu'on navigue au vent arrière, au largue, au près. Le double bouchain qu'envisage Éric améliore encore cette géométrie modulable, facile à mettre en œuvre avec du contreplaqué.

— Folie !

— Quoi, folie ?

— Quarante-trois pieds de contreplaqué : folie !

Comme toujours, il récusa l'impossible affirmé par les maîtres de l'art et suivit son idée.

Si la machine était calée pour des panneaux de neuf mètres au maximum, on la calerait pour des panneaux de la longueur voulue. Si les panneaux cassaient, on les choisirait moins cassants. S'ils cassaient encore, il serait toujours temps de suivre une meilleure idée. Au pire, on courrait sur Tarann ou Margilic. On partirait avec les autres coureurs en mai 64.

Où va-t-on, lorsqu'on emprunte une pareille voie, le Far West atlantique, quel or va-t-on glaner ? Rien de moins que la rive opposée. Newport, l'Amérique. On va en Amérique, le pays où l'on n'arrive jamais à la voile que l'on n'ait franchi toutes les portes de la vie, de la peur, de l'inconscient, parlé à tous les gardiens irréels chargés d'empêcher quiconque de s'accomplir dans une vérité que les semblables ne peuvent qu'imaginer.

On n'imagine pas la mer, le jour et la nuit emmenés par le temps pareil au flux d'une insensible marée, le moi roulé dans l'impression qu'il se perd et que nul autre moi n'a fait le chemin avant lui, dans ce pays d'eaux malléables où l'air n'a plus rien du souffle natal. C'est hier qu'on étouffait du sentiment d'être exilé, malgré les amis, les amours ; c'est ici, nulle part, au péril des profondeurs, qu'être un homme se fait destination, vérité, que l'on se retrouve au bout du voyage ou pas, le navire à quai, le quai sous les orteils, le poids du globe entier accroché à la plante des pieds.

On n'imagine pas la mer et le marin passer le premier horizon, le millième horizon, l'un l'autre s'abolissant, passer le dernier horizon du lointain bouché. Par enchantement. Par accomplissement d'homme. À mains nues, âme nue.

Alors ? Ça s'est bien passé. Phrase tabarlienne entre toutes. Passer. Le verbe référent du marin. Combien d'entre eux, tel Francis Joyon après son tour du monde, ont eu ces mots dignes du plus grand Shakespeare : « La mer m'a laissé passer… » À méditer.

Face à l'Ouest, trois passages vers Uncle Sam semblent se valoir, tout bien pesé. Le Sud s'allongeait sur un parcours de quatre mille deux cents nautiques, mais les puissantes brises magellanes vous épaulaient jusqu'aux deux tiers de la route. Par les Açores, on réduisait la distance d'environ mille nautiques, on touchait des souffles portants moins réguliers. Restait l'arc atlantique nord, une orthodromie bête comme chou, c'est tout droit : deux mille huit cent dix nautiques, on ne fait pas plus court ni plus nuisible, on a les éléments contre soi, vents, courants, brouillards, neige, et ces larves crépusculaires installées autour de l'horizon boréal pour s'incarner monstres aveugles à l'avant des *Titanic*, les icebergs en maraude, ces brisants volages que Francis Chichester avait eu bien du mal à parer lors de sa traversée victorieuse, en 1960.

L'Atlantique Nord, c'est là qu'il faut passer ; c'est là qu'il passera. On s'en souvient, du *Titanic*, la riche ferraille de malédiction, on se souvient des Vikings, des Malouins, du *cap'tain* Graham, le premier solitaire à s'être baladé là-haut en 1934, sur un vingt pieds. À Lorient, chaque nuit, toutes les heures, un réveille-matin de la taille d'une assiette à soupe jette Éric à bas du lit. Iceberg en vue ! Près d'un an le sépare du rendez-vous à Plymouth, son bateau n'est qu'une ébauche problématique, et chaque jour, six fois par nuit, s'éjectant du lit comme s'il arrondissait déjà les eaux polaires hérissées d'embûches mouvantes, il imagine l'obstacle à moitié prévu, le cargo, l'iceberg, les gestes automatiques d'une manœuvre à réussir dans l'instant.

Elle se fait, la carène en lamellés contreplaqués, elle se fait comme Éric a dit, renforcée par des lisses et des membrures de métal, une technique éprouvée des chantiers Costantini, augmentant robustesse et rigidité du voilier, donc tenue générale du gréement moins soumis aux vibrations.

La carène se fait, mais alors, d'où vient que le moral des bâtisseurs est en chute ? On aimerait porter un toast à l'orée d'un si beau projet, encore faudrait-il avoir les moyens du champagne à sabler. Éric dit lui-même qu'il est fauché. Bourse plate, marée basse, et ce n'est pas une solde d'officier qui va beurrer les épinards d'une aussi vaste opération. Certes, les Costantini sont arrangeants. Il paiera quand il paiera. Ils voient leur intérêt dans l'histoire, à commencer par les retombées d'une publicité à grande échelle. On commande le bois, on biseaute, on colle, on cloue, on nage dans la sciure, on se démène autour du roi nu, mais nul ne sait comment, sur quels deniers on pourra l'habiller. Lest, pont, mât, voile, accastillage, etc. Le gouffre bien connu des frais et faux frais sur un bateau. Qui paie ? Qui a les reins d'un tel monceau d'argent ?

Personne. On ne paie rien.

Et si l'on vendait le Margilic d'entraînement ? Le voilier appartient aux chantiers, mais il est vrai que sa vente occasionnerait des rentrées financières bien utiles pour accélérer les travaux du ketch.

La timidité, la taciturnité d'Éric est de renommée planétaire ; son bagout, pas du tout. Voilà un homme qui peine à décrocher un mot, par flemme ou par méfiance envers le trop parler, trait typique des hommes d'action, mais qui peut décrocher la lune ou la peau du cul pour l'un de ses voiliers inachevés, quand l'horizon pécuniaire semble fermé. Il n'a rien à vendre ? Il le vend quand même !

Il cède au fondateur de la revue *Neptune Nautisme*, Alain Gliksman, lui-même un grand navigateur, un grand humain – l'exclusivité du journal qu'il ne manquera pas de tenir au cours de la traversée. Il est venu spécialement le voir à son bureau. Sans attendre la réponse, il confirme sa promesse d'exclusivité par lettre, non sans joindre à la présente une liste détaillée du matériel de bord qui lui fait défaut. À son tour, Gliksman va confirmer ce qu'il n'avait aucunement promis. Passe-passe, tope là. Plus tard, il attribuera son geste au fait que le jeu valait la chandelle, mais la valait-il vraiment ?

Rien n'était encore joué, le navire en était au stade ingrat du contreplaqué livré par feuilles de treize mètres empilées sous un hangar. L'arbre qui fournirait la pâte à papier du journal de bord exclusif était probablement encore sur pied mouillé, quelque part au bord d'un lac suédois. Aucune raison tangible n'autorisait d'engager des fonds importants sur ce moment transatlantique incertain, convoité par les marins les plus durs à la mer, les plus rodés à l'océan, les Chichester, Lewis, Hasler, Rose, Howel – dont un journaliste parisien, trop parisien, fera une mère de quatre enfants, sans doute abusé par son chevaleresque prénom, Valentine ! – mais aussi celui que l'on appelle toujours, dans ces cas-là, face aux Anglo-Saxons, *le petit Français*, Jean Lacombe, capitaine au long cours d'un Golif de six mètres cinquante après l'avoir été d'un hippocampe de son invention.

Gliksman dirait tout simplement que la voix d'Éric lui avait plu, la voix d'un homme étant révélatrice de ses motivations pour vaincre, surtout quand il vient formuler un besoin d'argent – des *sous*, avait dit son visiteur. Pris sous le charme sans fioritures d'Éric, il scella de bonne grâce une alliance de mécénat.

Le ketch en est-il pour autant fin prêt ? Il prend forme. Il a l'air d'un bateau. Il sent bon. Il donne le sentiment qu'il pourrait tôt ou tard appareiller, fendre la houle. À sa manière, il venge Éric de tout ce polyester malodorant dont on a pansé le vieux *Pen Duick* avant de le briser morceau par morceau, pour en extraire l'oiseau neuf, imputrescible celui-ci. Il voudrait faire encore mieux, sauf qu'il n'a pas les moyens, malgré les Costantini, malgré Gliksman.

Le lecteur ne s'étonnera pas en apprenant qu'il manque un argent fou pour que ce bijou naval inachevé, sans nom pour l'instant, cesse d'interpréter le rôle d'une épave flambant neuve, conservée bien au sec dans l'espoir d'un renflouement prochain.

Officier de marine payé par l'État, Éric entend qu'il est question de le nommer à Bizerte, une épée suspendue sur ses projets nautiques au point mort. Loin de considérer qu'il a perdu la partie, quoique perplexe au pied du voilier encalminé dans la disette pécuniaire, il fait savoir qu'il a besoin d'une aide urgente. Un bateau n'a pas honte de l'argent qu'il coûte, un marin veut bien tendre la main pour cette cause-là : une course hauturière qui verra se réfléchir les trois couleurs sur la banquise et finira par claquer au vent des ciels d'Amérique, peut-être avant les autres… On dirait qu'il sait qu'il va remporter l'Ostar et qu'il peut tout se permettre avec un an d'avance. Je vais gagner, vous allez gagner en misant sur moi. Il ne dit pas les mots. Bien trop mystérieux dans sa nature à la fois sobre et démesurée, régulièrement en butte aux éclairs du génie celte – bien trop complexe pour afficher aucune prétention au risque de freiner les travaux du ketch.

Le Divin Enfant exaucera ses vœux à Noël 63. Le *charme sans fioritures* d'Éric agit le soir du réveillon sur un bailleur de fonds qui se dit prêt – pas même sollicité – à donner leurs chances au voilier et au capitaine du voilier. Il n'attend aucun remboursement. Un milliardaire ? Pas du tout. Un passionné de mer, un propriétaire aisé, Hubert Guillon-Vernes, un idéaliste ayant longtemps réclamé l'anonymat. Un pur HSB[1], en somme, sauf que ce n'est pas une piécette votive qu'il fait tinter dans la panse d'un demi-canot de sauvetage en modèle réduit, à la sortie d'un débit de boissons, mais un chèque à plusieurs zéros qu'il signe entre bûche et dinde aux marrons. Le nom du bateau ? s'enquiert-il. Étrange, on n'y a jamais pensé. La conception doit beaucoup

1. Hospitalier sauveteur breton.

à celle du Tarann et du Margilic, navires identifiés d'abord aux frères Costantini. Il faut un mot nouveau pour baptiser une carène inventée, profilée par Éric à des fins hauturières, en rapport avec le régime des courants et des vents prévisibles sur le nord de l'Atlantique, en juin 64. Le nom de *Pen Duick* est lancé, mais qui le dit en premier ? Il est trop tard pour s'en souvenir une fois que tous l'ont sur les lèvres. La mésange à tête noire. Elle, bien sûr que oui ! La fée marraine zinzinulante, que les dieux écoutent quand le navire est en danger.

Pen Duick II.

Ce don qu'il a d'attirer la veine en disant : *Pen Duick*, Éric l'exercera de nouveau pour négocier la voilure du ketch. Victor Tonnerre, son fidèle ami, le maître voilier lorientais, s'il ne tenait qu'à lui !... Mais *il tient* d'abord à son père, fondateur de la maison, de fixer les termes d'acquisition d'une garde-robe sans commune mesure avec les tape-cul épais des chalutiers et les tauds qu'ils fournissent habituellement. Entre les spis génois, focs, artimons, grand-voile, c'est bien cinq cents mètres carrés de haute couture marine que *Pen Duick* aimerait voir déployer, sans que la question d'argent vienne tout gâcher.

Sponsorisation, parrainage sont des mots ignorés du père de Victor et d'ailleurs de beaucoup dans les années 60. Éric Tabarly est un client comme les autres, et comme les autres il doit payer… Il paiera, soutient le fils au père, il paiera jusqu'au dernier centime. Et, de fait, Éric paiera jusqu'au dernier centime une facture allégée des frais de fournitures et d'exécution pour moitié : *Pen Duick II* paiera le reste en aura publicitaire. *Pen Duick II* est très courtisé.

De Victor on peut dire évidemment que c'est un ami, un vrai, mais aussi un homme d'intuition. Les voiles qu'il va désormais tracer et tailler jour après nuit sont celles de la victoire.

15

À vingt-six ans, j'eus l'occasion de rencontrer le maître-voilier lorientais – prunelles kaki, calvitie d'ivoire –, ayant moi aussi besoin d'une garde-robe au complet pour mon Tobagos. Il se construisait rue du Bout-du-Monde, à quelques mètres de la voilerie. Nous séparait la fosse parfumée du port de pêche. Tout beau qu'il fût mon bateau m'inquiétait.

Où s'adresser pour les voiles à Lorient, sinon chez Victor Tonnerre, le porte-bonheur d'Éric Tabarly ? Je me souviens qu'un certain Marc Henry, l'un de ces écumeurs à l'œil doux qui hantent les bassins à flot – regardant les travaux avancer péniblement sur les voiliers sans mâts, couverts d'outils, sillonnés de rallonges électriques, les hublots obturés par du gros souple-dur opaque en attendant les altuglas hors de prix traités UV, le pont quadrillé par la pose d'un damier *trade-master* antidérapant, trop cher dans l'immédiat, les embases de chandeliers vides de tout chandelier, servant d'abreuvoirs à moineaux, les balcons inexistants –, je me souviens que ce Marc-là, soi-disant shipchandler, cherchait à moderniser ma conception des voiles et m'invitait chez lui – un studio qu'il occupait avec femme et bébé – pour visionner au mur des génois et des spis usinés au millimètre, en Amérique, au Pérou. Il vendait aussi des sondeurs à consonance britannique et du cassoulet par fûts de cent kilos. Il équipait les tours du monde jusqu'au dernier poil de la brosse à dents, jusqu'au dernier feuillet du rouleau d'hygiène. De tels Marc rôdaillaient sur les planches des bassins à flot, dans les années 70, à l'ère du Triphasil 28[1], et tous avaient plus ou moins viré du winch sur les *Pen Duick* et croisé le regard de l'ours aux yeux vert tilleul, tous marchandaient aussi bien des voilures taillées par la Nasa que des cubitainers de minervois, de Suze déclassée ou des baby-sitters pour fils de famille au cœur gros dans leur bateau-lavoir impossible à payer.

---

1. Non pas un trimaran familial, mais le nom de la première pilule contraceptive.

Je pris mon courage à deux mains et, pas plus riche qu'Éric ou d'autres quand un bateau réclamait ses voiles : la panoplie de ses falbalas hauturiers, je sollicitai par téléphone un rendez-vous avec le maître voilier – avec Victor : il est des prénoms qui sonnent comme d'heureux présages. Quel bon vent ? me dit Victor dont les mains hâlées pétrissaient ou peaufinaient une épissure – des mains rarement désœuvrées, bien que sa personne respirât humour et tranquillité. Les yeux dans les yeux, j'allais parler d'une voilure de ketch à livrer dans un délai… dans un délai tenant compte de la valeur de l'argent, de ses mouvements, de la sympathie qui planait ou que je sentais planer entre nous… lorsqu'un point crucial me tarauda :

— Victor, lui dis-je en rougissant, avez-vous jamais entendu parler d'un cinquante pieds construit à deux pas d'ici par le chantier Métalor, le Tobagos 50 ?

— Oui. Les trois premiers exemplaires de cette unité ont coulé.

— Cela vous a-t-il surpris ?

— Non.

— Et vous interprétez ça ?…

— Comme un naufrage.

— C'était à Lorient ?

— Plus au nord…

J'ose alors une question qui me paraît superflue, étant prouvé désormais que mon beau ketch est un cercueil flottant et que je m'apprête, en dépit du bon sens, à commander les jolies voiles blanches d'une barque mortuaire, histoire d'aller au bout des projets entamés et de mettre un comble à cette rage de fuite immobile.

— Victor, lui dis-je, vous en pensez quoi, du Tobagos 50 ?

— J'ai navigué sur *Orion*, le Tobagos du retraité belge amarré à Lorient.

— Il a coulé ?

— Non.

— Vous en pensez quoi ?

— C'est un excellent bateau, puissant, bon marcheur à toutes les allures, à surveiller au grand largue et vent arrière en raison d'une étrave pincée, mais tous les voiliers ont leurs points faibles, et *Pen Duick II* était une vraie planche au pré serré, dans le clapot.

— Pourquoi les trois naufrages ?

Il pose une épissure multicolore sur son bureau. Le bruit courait que s'il avait existé des championnats d'épissure, Victor les aurait tous gagnés en vitesse et en précision, tant il avait les doigts musclés.

Il me sourit, amusé de m'avoir inquiété.

— Les Tobagos naufragés appliquaient tous la fameuse règle du « trop fort en mer n'a jamais manqué »... C'est faux pour l'acier, qu'on doit toujours échantillonner suivant des plans précis, sans rien ajouter au hasard, aucun poids superflu. La flottabilité d'un tank l'amène directement au fond de l'eau, ce qui n'empêche pas qu'il soit excellemment défendu contre les tirs de roquette. Il faut choisir entre tank et voilier. Voilà l'histoire.

On voudrait bien qu'elle s'arrête là, l'histoire, sur la note exquise du *satisfecit* accordé par Victor au bateau que mon frère et moi prétendions emmener... on ne savait pas trop où. Au-delà du deuil qui nous environnait à l'époque, mais l'histoire va son bonhomme de chemin, lequel bien souvent tourne en rond.

Vient le beau jour où la grue géante de M. Herviet amène notre Tobagos du port de pêche au quai de l'Estacade, et je veille amoureusement à la mise en place de serpillières et cartons pour que les sangles de nylon armées de fer n'attaquent pas la triple couche d'antifouling au plomb, aujourd'hui prohibé, d'une toxicité foudroyante contre les souillures et les bêtes de la mer en général, algues et plancton.

Le bateau flotte, il est baptisé par un vrai curé, comme le fut *Pen Duick* à Lorient. Victor est là, chaud, énigmatique. Ma famille est là, mes amis. Mon père dit un mot. Je réponds. Longue vie, magnum, bulles, tendresses, bonsoir à tous et rentrez bien. La nuit porte conseil.

Il flotte même très bien, dans son assiette, la ligne de flottaison d'un blanc pur, parallèle au fil de l'eau noire. Pourquoi, une étrave pincée ? Qui a dit ça ? Victor ? Si je m'installe à l'avant, sur le davier d'inox à double galet, il ne pique pas du nez. C'est un excellent bateau, l'objet parfait du rêve qui nous enchantait, mon frère et moi, quand nous regardions l'image du Tobagos dans les revues nautiques. On y est arrivé, on touche au but.

Mon frère et moi nous nous serrons la main. Amarré à l'angle du quai, sous la baraque des douanes qui jouxte la sortie du bassin, notre voilier d'un beau vert plein sud bénéficie du climat lumineux d'une grosse ampoule municipale, incapable au demeurant d'éclairer sans émettre un sourd lamento. À couple de nous, c'est l'*Orion*, le Tobagos du retraité belge, aussi orangé que nous sommes vert, aussi laid que nous sommes beau, aussi négligé dans ses finitions que nous sommes parachevé dans les nôtres, à quelques détails près. Défenses neuves, tablier entre les deux bords, et que cet orange hideux n'entache pas notre plein sud ! Il y a Tobagos et Tobagos. Le nôtre s'appelle *Æleuthera*. Un mot grec : Liberté.

Qui chérit la mer ? L'homme libre. Qui choisit l'horizon pour foyer ? L'homme libre. Qui s'en va quand l'autre ne s'en va pas – routinier, cloué, grégaire, chosifié, happé dans le broyeur social ? L'homme libre ! Deux hommes libres débarquent un moment pour contempler leur *Æleuthera* sur toutes les coutures, et le trouver aimable de face comme de flanc, de poupe où figure en toutes lettres blanches ÆLEUTHERA, le seul credo que l'âme incite à mettre en vigueur ici-bas, la seule loi morale fondée à peser douze tonnes de plomb et d'acier navigables, cap sur l'absolu. Cinquante pieds, frangin !

Nous remontons à bord, saisis d'un soupçon. Le Tobagos du Belge paraît un chouïa plus long. Soit il nous manque un pied, soit l'*Orion* compte un pied de trop. Vérifions. Avec le davier, c'est un bon quinze mètres que daigne afficher le décamètre à ruban. Les cinquante pieds y sont bel et bien. Nous n'osons mesurer le Tobagos orange, respectueux du retraité qui roupille à bord et que nos lubies d'arpenteurs risqueraient d'affoler.

Victor nous a prévenus. Le Belge est un Zaïrois sympathique, assez particulier. Il se propose de ramener son ketch au Zaïre, par mer mais aussi tiré par des éléphants à travers le désert. Attention à vous. L'*Orion* est équipé d'une alarme puissante et quiconque cherche à lui rendre visite après minuit sans permission le fait hurler à la mort.

16

Æleuthera fut un Tobagos plus voyageur et plus audacieux qu'*Orion*. Il vit la Norvège, l'Angleterre, l'Irlande, l'Espagne et le Portugal, et s'il n'alla pas jusqu'à Rhodes à la rencontre des riches clients d'Odyssée Voyage, il n'en franchit pas moins Gibraltar pour rouler sa bosse aux Baléares et dans les mers corse, italienne, ligurienne. Il se donna les pâmoisons du grand voyage, sans jamais traverser l'océan ni se laisser enclore un long moment d'exil au milieu des glaces dérivantes, là-haut où il paraît que le plaisir balnéaire est annoncé pour bientôt. Il fut un bateau heureux, bien dans sa peau ? Attendez la suite…

Après cinq ans de va-et-vient peu rentables, il éprouva la nostalgie des aurores bretonnes et revint dare-dare en Atlantique, recherchant le temps perdu, le retrouvant. Non, l'*Orion* n'avait pas bougé, d'un orange pathétique tigré de rouille, inspirant un sentiment de total abandon, comme s'il renfermait la dépouille de son maître. Qui pouvait bien payer les frais de stationnement d'une telle misère ?

Victor, quand je le revis quelque vingt ans plus tard, à la veille de partir en course à travers l'Atlantique avec mon frère d'océan, Yves Aumont, me décrivit sa dérisoire agonie. L'*Orion* avait coulé sur place, une nuit, mangé par l'électrolyse. L'épave submergée était restée là quelques mois, de plus en plus mal en point, puis on l'avait démâtée. Les plongeurs de l'Équipement l'avaient tronçonnée au chalumeau, et c'est par morceaux qu'on avait sorti ce gâchis du bassin. Pas d'éléphant pour tirer les débris d'*Orion* sur une planche à roulettes et les rapatrier au Zaïre. Le Belge, ah oui, le Belge… Combien de Belges et d'autres à venir tâter le vent des îles en plissant les yeux vers le sud. Ils s'éclipsent comme ils viennent, laissant pourrir leur rêve à quai, un rêve où l'alarme se déclenche sur le coup de minuit, rappelez-vous.

Mon retour à Lorient, où je commençai par déambuler, le cœur un brin serré, vers les docks et les quais du port de pêche que les *Pen Duick* affectionnaient, s'expliquait par le besoin de remettre à neuf *Baba Yaga*, mon First 456, la timbale du prix Goncourt 1985, déjà vieux d'une dizaine d'années. De nombreuses microlésions, visibles à la radio, attaquaient le mât au niveau des barres de flèches, et la longue haleine atlantique risquait bien de lui rompre les os. Victor se chargeait du mât, du gréement courant et dormant, des voiles et, comme toujours avec les navigateurs qu'il aimait bien, il s'arrangeait pour que le montant des frais ne mette pas aussitôt un point final à la discussion.

À mes pieds s'étalait, miroitant, l'immense parquet où les voiles de *Pen Duick* s'étaient dessinées, parfois contre le sentiment des éminences grises qui se relayaient auprès d'Éric pour lui suggérer des fabrications moins artisanales, accordées à l'air du temps. La chance est artisanale, pensait Éric. Les dieux, l'amitié, la fidélité, tout cela n'est que le barda providentiel du coursier qui prend la mer. Une allégeance non dite, un viatique. Tout cela participe du moral d'un possible vainqueur lorsqu'il fait brume ou violence autour d'un bateau qui paraît rendre l'âme. Tout cela vous sauve la vie, la mort.

Victor fixe mes yeux d'un regard indéfinissable, ou définissable par les nuances qu'il marie, mêlant ironie, bonté, étonnement, tristesse, déception, douce fatalité dont se nimbent trop souvent les choses de la mer, si grandes, et l'homme si petit.

— Ça s'est bien passé, avec *Æleuthera* ?

Ç'aurait pu se passer plus mal encore, Victor. Mon frère et moi palliions un deuil, avec ce bateau ruineux : notre mère, notre cousin Vincent, notre grand-père, la même année. Notre enfance et nos illusions. Les maisons vendues, les meubles répartis en lots numérotés, les bateaux crevant sur place ou divaguant au gré des marées comme avaient crevé, divagué les yachts de l'oncle Jo, lorsque j'étais petit.

Nous regardions la mer et pensions : renaissance, là-bas, loin de toute mémoire hostile à cette ingénuité qui veut repartir de zéro, comme on se prend à désirer vivre, enfant, dans la maison des Sept Nains ou le château de la Belle au bois dormant, ou le gourbi sur la plage de Jaouën, le hardi chien matelot naufragé.

L'*Æleuthera* s'étant mis à naviguer, de quelque homologation qu'il fût nanti, la mésentente avait soufflé sur mon frère et moi. Pas vraiment une dispute, mais une méfiance réciproque, gênante aux entournures, comme si les écailles venaient de nous tomber des yeux, à la même seconde, et que nous avions pris conscience, au pied de cet énorme bateau fini, que nous n'étions ni lui ni moi des pharaons, et que cette pyramide à voile il allait falloir l'assumer, désormais, la mériter, en faire l'instrument bénéfique de nos âges futurs à tous deux.

Nous nous serrâmes la main. Salut, Touki, à bientôt.

Épargnant à Victor cet épisode fraternel, qui se traduit aujourd'hui par une fraternité redoublée, je répondis :

— Ça s'est bien passé…

Et je lui donnai quelques détails des navigations qui m'avaient charmé. D'autres m'avaient angoissé. Une nuit d'août nous avait laissés dans l'obscurité vingt-huit heures de rang, le brouillard s'éternisant. On ne voyait pas l'avant du bateau quand j'avais entendu des cris et distingué quelque chose au milieu du néant. Un voilier s'était planté sur les récifs des Étocs, sous le bout de chandelle épuisée du phare d'Eckmühl qui cherchait vainement à percer les ténèbres. Des ombres humaines gesticulaient. Des femmes criaient, un gosse pleurnichait. Mélo mais véridique.

— Ça s'est bien passé… Je dois à la vérité quelques menus aveux…

… impliquant le bateau lui-même en sa qualité de Tobagos 50 aux plans égarés dans la nuit des temps ou les tiroirs de quelques margoulins. Victor ne m'avait pas caché que les premières unités avaient sanci directement, par piquage du nez, dirons-nous, le lest étant mal positionné dans la quille et la flottabilité non garantie par une étrave aux élancements pincés. Au grand largue, elles enfournaient et plongeaient avec une assurance de *Nautilus*. Chez Métalor, on avait cloisonné le talon de quille d'*Æleuthera* de façon que le plomb coulé sur l'arrière corrigeât cet effet pendulaire avant qui préludait au naufrage. Pas vrai, pas corrigé… !

J'ai passionnément aimé ce grand *Æleuthera* qui nous a mis sur la paille, mon frère et moi. Nous avons franchi ensemble le maximum d'horizons, disputé des trophées qui rapportent au vainqueur son poids en homards vivants, connu ces belles frayeurs de la mer dont la mémoire est friande, et le corps beaucoup moins. Nous avons bien ri, après coup. Un soir, dans ce port de Newlyn où Tabarly relâcherait début juin 98, le canot pneumatique d'*Æleuthera* prit l'initiative de couler bas tandis que nous tentions de rentrer à bord, après une bringue effrénée. Nous étions trois, mon copain cévenol Claudius, un hôte payant qui ne payait jamais, la doublure de son anorak pourtant bourrée d'argent frais, et moi-même. Il n'y eut plus de dinghy sous nos pieds. Ça coule, ces bêtes-là, malgré monsieur Bombard, entraînées qu'elles sont par le poids du moteur à réservoir indépendant, le nôtre beaucoup trop puissant. Il fallut nager, souffleté par des clapots déferlants archi-serrés, bien entendu contre nous.

Au matin, j'avais tout oublié. L'un de nous aurait fort bien pu clamser, victime d'un malaise en brassant vers le ketch. J'arrivai sur le pont pour découvrir l'hôte payant vêtu d'un perfecto noir et d'un caleçon à ramages d'un jaune strident, des pinces à linge à la bouche. J'eus l'impression qu'il était gêné.

— J'accroche ma lessive, marmonna-t-il entre les pinces…

Tous les haubans étaient bien garnis. Ma deuxième impression fut qu'il faisait ni plus ni moins sécher sa tirelire secrète, à savoir les devises détrempées dont son anorak était farci et qui claquaient au vent comme des fanions. Les plus gros billets du catalogue. Il vous vient de ces idées, dans ces cas-là !… Il ne vous vient aucune idée.

J'aimais ce grand *Æleuthera*, d'autant plus que j'en connaissais les points faibles, si j'ignorais le nombre exact des membrures, lisses et barrots qui le structuraient. Tenez, posez-moi la question – la question que je posais, moi, fébrilement, quand il était encore temps de choisir un autre voilier :

— Vous en pensez quoi, du Tobagos 50 ?

— Un cercueil flottant.

Il passait pour enfourner ? Aucun doute là-dessus. Il enfournait sans prévenir. Au lieu de s'élever, l'étrave s'abaissait brusquement et le navire entrait de tout son long dans une lame qu'une plate labéroise aurait chevauchée. À l'est de Groix, par calmasse, j'ai fait demi-tour comme j'ai pu devant une pâte molle de houle dont je sentais qu'elle allait déglutir mon bateau comme un énorme gosier. Un autre jour, vers La Corogne, il m'a semblé que des remous de suif indigo recouvraient le triangle avant infichu de s'en dépêtrer. J'ai traversé la moitié du golfe de Gascogne avec l'impression de convoyer une piscine à voiles au milieu des flots en désaccord total, il est vrai, sur la direction à prendre. Ah oui, dangereux et magnifique, ce cher Tobagos 50 baptisé au champagne rosé, *clang* ! et promis par le confesseur de mon père à ces voyages qui forment la jeunesse au métier d'homme.

J'ai repensé tendrement à lui dans parages de l'archipel Madère, en route avec Yves Aumont pour traverser l'Atlantique sur *Baba Yaga*… Ce jour-là, nous fuyions à sec de toile, nous en rigolions comme des bossus. Si nos femmes nous voyaient ! Si nos gosses savaient la belle gueule d'orphelins qu'ils vont bientôt pouvoir examiner dans la glace, et pour longtemps ! Très jolie, la mer, mousseuse, agile, se créant vallons et ravins pour y dérouler ses laves opalescentes ou noires. La fuite éperdue, celle involontaire de la plume au vent ! J'ai remercié Dieu qui m'avait obligé à revendre à temps mon Tobagos, ne voulant pas de moi chez lui. À l'aube, le vent tombait, la chaleur s'installait, nous lancions le spi.

— Il sort d'où, ce spi, Yves, il me paraît bien grand ?

— Un ami me l'a prêté.

— Quel ami ?

— Un équipier d'Éric Tabarly. Cette voile est d'ailleurs celle de *Pen Duick*, elle a gagné l'Ostar…

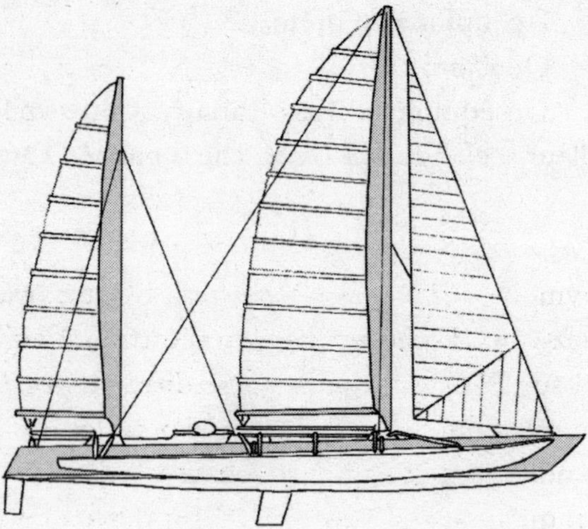

Pen Duick IV

17

Plymouth, 23 mai, 9 heures, l'Ostar est au rendez-vous. L'année ? 64. On n'est réuni aujourd'hui sur *Pen-Duick* que pour se dire, oh non ! pas adieu, mais bon vent. Il n'y a plus pour les uns qu'à descendre, et pour l'autre, le solitaire, le fils, le neveu, l'ami, qu'à gagner l'invisible fil du départ entre la bouée verte et le dragueur de mines, celui-là prêt à canonner le signal du départ. On a bricolé tous ces derniers jours, et tous les prochains jours de la vie n'auraient pas été superflus pour venir à bout du bricolage, ce chantier sans fin sur un grand voilier.

La vedette attendue pour débarquer la famille est toujours invisible dans la baie malmenée par le chassé-croisé des embarcations, le tire-d'aile des bateaux prêts à s'élancer. Une volière océanique en attente, les oiseaux les plus disparates. Une voiture amphibie fait des ronds autour de *Pen Duick*, ce grand voilier français engagé dans l'Ostar.

C'est vraiment l'heure, dit le père d'Éric. Est-ce vraiment l'heure, pour la mère ? Ce n'est pas qu'elle apprécie la compagnie d'un bateau, surtout quand il bouchonne au mouillage, mais l'instant qu'elle redoute est sur le point d'arriver. Éric va les quitter, c'est une séparation qu'ils ont minutieusement bâtie, ses amis, son père et lui. Elle est femme de bourlingueur, de rêveur, et pas plus une épouse qu'une mère ne peut rien contre le songe inénarrable du migrateur, son mari, son fils. C'est sans danger, maman. La mer, l'Atlantique de bout en bout, sans danger…

Tous ces journaux qui lui tombent sous les yeux, depuis des mois, disent clairement pourquoi ces humbles voiliers à toute épreuve, nouveaux venus dans les mers boréales, précédés là-haut par quelques misanthropes à qui peu chalait d'arriver à bon port, défient leur bonne étoile en imaginant se défier d'homme à homme à travers l'océan. Sois prudent, Éric. Elle a pour lui ces mots que tous les parents ont à la bouche et voudraient porte-chance quand un enfant tourne le dos au foyer natal pour vivre sa vie, son histoire, et la vivre en risquant sa peau.

Outre les aliments frais des premiers jours de navigation, sans compter les œufs et la confiture de la tante Monie, une jacteuse homérique en admiration devant le neveu qu'elle est venue soutenir jusqu'à Plymouth, outre les pyjamas en pilou, la mère a prévu, exigé sur *Pen Duick* un émetteur-récepteur BLU : que la voix du fils lui parvienne où qu'il soit de par les houles, et qu'un semblant d'ombilic soit préservé entre eux. Elle ignore ou feint d'ignorer que l'essentiel manque à bord. Éric est paré pour un aller simple. Le retour, on n'y est pas. Il n'a pas un sou en poche, aucun billet de retour, et si peu d'habits civils ! Il peut aussi bien rentrer en stop. Il y a de la superstition dans l'air marin. Qu'il commence par arriver sain et sauf chez l'Oncle Sam.

9 h 50 : vedette ou pas, c'est maintenant qu'il faut débarquer ceux qui n'ont plus rien à faire ici, dans l'antre du bernard-l'ermite. À défaut d'un canot à moteur, on les entasse au fond d'un youyou, et les voilà qui s'éloignent à la godille. Enfin seul, solitaire, entouré pour la dernière fois des autres solitaires. À demain car Dieu le veut.

Si je m'en souviens, de cette baie de Plymouth noire de bateaux, le 23 mai 1964, à 10 heures GMT ? Du trois-mâts *Danmark* au mouillage devant l'île Drake, les uns attendant le coup de canon du cap à l'ouest, les autres celui du cap au sud ? Les uns loups solitaires, les autres loups d'équipage, la mer et ses loups, ses fous ? À dire vrai, non. Zéro souvenir. Mais que d'images devant les yeux, que d'imaginations dont j'ai le sentiment qu'elles m'incluent dans une histoire vive, la mienne, à Plymouth, ce 23 mai 1964, à 10 heures canonnées.

Henri, mon père, y était, lui, sur le dragueur de mines, invité par ses *jolly good fellows*, les Anglais. Le commandant lui prêtait sa jumelle et il apercevait l'ogive de la bouée verte au sud, les eaux libres à l'ouest, beaucoup moins libres à l'est, encombrées de mille et une voiles… Il me parlera d'un Pardon comme à Sainte-Anne-la-Palud, un Pardon à flot. On dirait qu'ils sont tous là. Tous venus. Les riches et les gueux des mers, une arlequinade virevoltante où le numéro 14 du *Pen-Duick* apparaît, disparaît au milieu des jonques et des pirogues à misaine, frappé à blanc sur la coque noire du voilier breton. Le souvenir inspirait mon père avec une lucidité mnémonique, radieuse, qui me stupéfiait. Il revivait une journée particulière qu'il cherchait à rattraper à la seule force du souffle des mots, pour que je la vive à mon tour et que je voie comme il l'avait de ses yeux vu claquer le spi rouge du *Pen Duick* à la traîne, après la canonnade, puis en pleine accélération gagnante à la poursuite des autres concurrents qu'il doublait tous, jusqu'à *Folâtre*, le trimaran de Derek Qelsal…

Quelque vingt-sept jours et demi plus tard, émergeant du brouillard et d'un silence radio bien dans la manière de son maître, *Pen Duick* n° 14, avec trois jours d'avance sur *Gipsy Moth* à Chichester, l'ancien vainqueur de l'Ostar, arrive bon premier à Newport. Rien à signaler. La mer avait été ce qu'elle est toujours sous la changeante impulsion du vent : changeante. Éric était monté par trois fois en tête de mât. Dans son journal, il est question de voiles changées, de la mort d'un poisson-volant sur le pont, de cargos fantômes et du babil extravagant des longs brouillards du nord. Rien à signaler, rien du tout.

Le journal de bord, lui, se doit de signaler la marche suivie, un minimum. *Aujourd'hui un oiseau est venu s'abattre sur le pont. Je l'ai nourri. Il est mort. Cafard…*

Le 8 juin 1964, à 10 h 45, la rumeur se répand chez nos amis anglais qu'un ami français, qui plus est breton, un *froggy* de *Britanny*, vient de toucher terre à Newport avant les autres, avant aucun sujet de Sa Gracieuse Majesté, aucun Néo-Zélandais, aucun Anglo-Saxon… Battue largement, Sa Gracieuse Majesté, à domicile, à savoir le champ clos des mers, le plus anglais des prés carrés, *damned !* L'occasion rêvée de témoigner aux amis français l'amitié qu'ils inspirent, depuis que l'histoire est monde, à leurs voisins du palier septentrional… Comment ? Par le mépris, la dérision. Mais regardez ça ! Un Français gagne l'Ostar, et c'est pour eux le match retour de Waterloo. On pavoise les Champs-Élysées, on fait donner *La Marseillaise*, on astique la Garde républicaine, et de Gaulle s'ébroue dans ses pantalons jaspés. *Ridiculous, isn't it ?*

Tabarly victorieux méritait les honneurs, il les obtint selon le cérémonial prévu. Grand apparat, gala solennel présidé par Lord Mountbatten, vice-roi des Indes, *blue medal* récompensant un fait maritime notoire, flaflas, discours, champagne franco-français, courtoisie tranchante anglo-britannique…

Une hache de guerre oubliée vient de remonter à la surface d'une eau qui dormait ou faisait semblant. Pour l'instant, Éric n'est chez les Anglais que le héros d'un soir, et les toasts virils qu'il voit pleuvoir sur son nom, tous ces vœux mi-figue mi-raisin pourraient bien se retourner contre lui.

Eh bien, non… *Pen Duick* va de nouveau prendre l'avantage et gagner, gagner encore, posant un sérieux problème à la perfide Albion. Une mésange, voyez-vous ça, une petite bête noire de rien du tout. *Small is beautiful ?*

18

Mais quelle mouche a piqué nos compatriotes, généralement parisiens ? Ils admiraient ? Ils désadmirent. Ils criaient au génie ? Ils ne crient plus. Ils pinaillent après avoir édifié des postérités à la grecque, telles que s'en accommodaient les premiers Athéniens lanceurs de flèches ou coureurs de cendrée. Et si par hasard c'était du toc. Si le marbre n'était que stuc ou papier mâché. Victor Hugo, tiens, si hélas c'était du bof ! Et Molière, ses diafoirus de la première heure, ses avares et ses bonniches à gros seins, à l'ère des clones et des porcs à cils bleus, de l'e-book. Shakespeare et ses guignolades sanguinolentes, Mozart et ses mignardises. Si Racine était bel et bien passé comme le café. Interdire le café…

L'admiration, la fidélité aux admirations : denrées périssables, dates limites.

Si Tabarly n'était plus Tabarly, du moins ce Tabarly que le public va découvrir en 64, aimer, vouloir suivre sur toutes les mers du globe où *Pen Duick* ira chercher fortune, explorant un destin solitaire et pluriel où chacun d'entre nous, en douce, aura mis sa quote-part et son propre désir d'aller mieux, plus loin qu'il ira jamais. Grand rêveur, le public. De quel droit, dans quel but le réveiller ? Pour chicaner le bleu du ciel ? Tendre un piège au héros ? Si Madame Bovary n'était pas *moi* ? Si Tabarly n'était pas *lui*, pas *moi*, pas *nous* ? Si les langues se déliaient ? Si le roi nu n'était qu'un pantin. Méfiance avant d'admirer. Interdire l'admiration.

Le fait est que je n'ai rien lu sur Éric Tabarly – mis à part Kersauson, Petitpas, Gliksman, trois rocs d'amitié, trois géants des mers – qui ne mêle au compliment un zeste d'ironie et parfois une giclée de vitriol.

Ne voyant pas d'avantage à citer les éloges à la baisse, procédant qu'on le veuille ou non d'un esprit snob, révisionniste, imbécile, j'en citerai quand même un, pur exemple de cette absurdité que Jacques Prévert, pêcheur de baleines entre deux temps perdus, appelait *connerie*. En toutes lettres, *dit l'autre* dans son bouquin, Éric Tabarly n'aimait pas la mer ! Ce qu'il aimait, voyez-vous, c'était les bateaux. Il ne s'est d'ailleurs pas gêné pour en informer les braves gens qui s'intéressaient aux riches heures du *Pen Duick*. La mer non, les bateaux oui ! On se pince, on relit, on est gêné. Le poisson n'aime pas l'eau, sachez-le : il aime nager. De même l'oiseau : il aime voler, il a peur du vent. Le miel oui, la fleur non, dit l'abeille. Les mots oui, la page non, dit l'écrivain. Interdire…

Si Tabarly n'aime pas la mer, on peut affirmer sans erreur que pas un marin ne l'aima jamais. Pas un pêcheur, pas un capitaine de roulier, de paquebot, de cuirassé, de trois-mâts, de sous-marin, de navette portuaire, pas un pirate ou boucanier, pas un yachtman, pas une de ces femmes qui vivent à longueur d'année au contact du rivage, pas une et pas un n'entendit jamais ce fameux *appel*, celui dont nul ne sait de quelle note il est filé. Aucun n'éprouva mieux qu'une sourde aversion pour le grand bleu, le plus vorace des tueurs en série.

Fichaises, docteur ! Indéfinissable verbe aimer. Le marin sait très bien ce qu'il entend par là, ce qui l'attend sur l'eau. Il y franchit les cercles de l'enfer, du paradis, il se fond à la divine nature des choses, ahuri par la beauté des heures autour de lui, mais aussi terrifié, conscient de sauver sa carcasse à chaque instant, plus mortel que jamais dans cette absolution.

D'Amérique, Tabarly revint en Europe à bord du *France*. Il eut pour appartement la suite où logeaient le général de Gaulle et Madame, lors de la croisière inaugurale du navire. C'est un homme changé. Il rapporte à Gliksman son journal de bord. D'autres directeurs de journaux lui font un pont d'or pour l'avoir. On lui téléphone. On l'interviewe. Il est souvent navré par les questions. On lui demande s'il a pensé mourir, ne jamais revoir les siens. Il répond du bout des lèvres. On ne sait plus quoi demander.

— Le plus fort vent que vous ayez eu, c'était combien ?

— Assez.

— Mais combien ?

— …

— L'oiseau tombé sur le pont, vous le nourrissiez ?

— Oui.

— Un bel oiseau ?

— …

— Vous pourriez décrire l'oiseau ?

— …

— Il est mort ?

— Oui.

— Il est mort de froid ?

— …

— De faim ?

— …

— Vous espériez le sauver ?

— …

— Vous reportiez sur lui vos émotions d'homme seul ?

— …

— Vous avez pleuré, quand il est mort ?

— …

Les journalistes l'ont souvent déconcerté, mais il désire écrire son histoire. Les éditeurs ne demandent qu'à lui signer des chèques. Ainsi donc, il suffit de traverser l'Atlantique à la voile pour que l'argent tombe du ciel. Il en faudra beaucoup, pour le prochain bateau. Y songe-t-il, au prochain bateau ? Ce serait aller vite en besogne. Ils se sont bien entendus, décidément, *Pen Duick II* et lui. Il se revoit barrant vingt-sept heures d'affilée par coups de vent, au sud de la mer des Sables, le cimetière à bateaux. Le voilier va vite, il accompagne la brise à merveille. Il est sous-toilé par petit temps. Du Tabarly tout craché. Toujours se demander si le mât est assez long, ou la flottaison, si le bateau ne porterait pas volontiers quelques mètres carrés d'un jupon supplémentaire, ce qui permettrait de rabioter un nœud, un demi-nœud.

Triomphe à Paris. Il est heureux, modeste, étonné. Il a fait son métier, pas davantage. Il récuse la notion d'exploit, s'il veut bien serrer les mains des admirateurs. Il a mené la vie telle qu'il l'imaginait. C'est une phrase d'Éric, elle en dit beaucoup sur lui. Il va sur l'eau depuis qu'il est né, il cloue des planches entre elles et ça flotte, il gonfle des chambres à air et ça flotte, ça vit sur l'eau, ça réclame une voile. Il passe d'un voilier à l'autre, moulinant ici, godillant là, toujours prêt à voguer.

À part ça, il n'aime pas la mer…

Difficile d'avoir le pied marin sans un cœur marin, un cœur de marin en qui peuvent voisiner la peur du large et le désir passionné d'y retourner sans cesse, tellement c'est beau, c'est bon…

La peur, l'amour. L'homme et ses variations à l'échelle d'une vie. Pas une fois où Éric n'ait pris la mer sans avoir présente à l'esprit l'idée qu'il pouvait y rester, qu'elle pouvait être linceul ou révélation, ou les deux. Pas une fois où, revenu à terre, il n'ait fait volte-face et regardé l'horizon, les milliers d'horizons qu'il avait traversés, fétu, grain, bateau. Le temps vient quand il vient où l'attache terrestre donne à réfléchir au plus valeureux des conquérants.

Réflexions du conquérant sur le tard : la chance m'a beaucoup donné, pardonné. La vraie vie n'est pas toujours en mer. L'amour humain est un océan plus vaste que l'océan. Le regard d'une femme ou d'un enfant, un rendez-vous plus troublant que celui des ciels marins. À trop vouloir sortir de la vie courante, on risque vraiment d'en sortir. À trop vouloir s'échapper, embrasser les virtualités irréalisées d'un moi jamais tout à fait là, tout à fait ailleurs, on court à sa perte, inévitablement. On aimerait bien vivre d'autres vies, découvrir ce qu'on aurait pu être. On aura d'autres vies pour le découvrir.

Ce livre aimerait bien se changer en roman, donner carte blanche à des possibles que la mémoire d'Éric interdit. Mais il est permis de supposer sans trahir. Éric ne voulait pas être catalogué dans les solitaires et n'avait d'ailleurs rien d'un Gerbaut, ou d'un Moitessier, ou d'un Chichester assez original et déconnecté pour esthétiser la solitude au bord extrême de la perfection morale. Je suis un homme d'équipage, affirmait Éric, pas un marabout campé sur la plage arrière d'un bateau cousu à la diable ou sous le palmier unique d'un improbable îlot, inexistant sur aucun portulan. J'apprécie la compagnie d'équipiers d'humeur égale, la bonne humeur contribuant à la bonne assiette d'un voilier en course. Peu importent les qualités nautiques, elles s'acquièrent sur le tas. Le muscle vient en winchant, en dérapant une ancre à la volée.

Ainsi parle Éric, et sur les photos souvenirs on le voit entouré volontiers de tous ces gens de mer, prestigieux ou non, qu'il a subjugués par son courage et cette pédagogie subtile qui n'est pas convocation mais invitation, qui vous laisse libre d'imiter ou non le bon exemple et, de fil en aiguille, de pot au noir en tourmente, à travers les blanches nuits du quart à toute heure, taillable et corvéable à merci, de vous accepter vous-même. Meilleure école de soi, de l'autre…

Tout sociable qu'il était, à sa manière, moins silencieux que l'image d'Épinal ne le dépeint – je me suis taillé, à Concarneau, une bavette sans fin avec lui, en hommage aux corsaires finistériens qu'il semblait avoir tous connus –, Éric avait ce don typiquement armoricain du secret. Parler est bien. Se taire vaut mieux. Se taire est solitude. Se taire fait mal. Se taire enferme les sentiments dont les proches ont besoin d'être sûrs. Se taire, à la fin, crée un fil d'horizon infranchissable autour du cœur humain. Éric, homme secret, plus solitaire qu'il n'imaginait. Est-ce hasard ou simple défaillance de l'amour-propre si, le 13 juin 1998…

Mais que s'est-il passé, le 13 juin 1998 ?

Quel drôle de communiqué fut publié les jours suivants par les gens du bord ?

Paix à la mer.

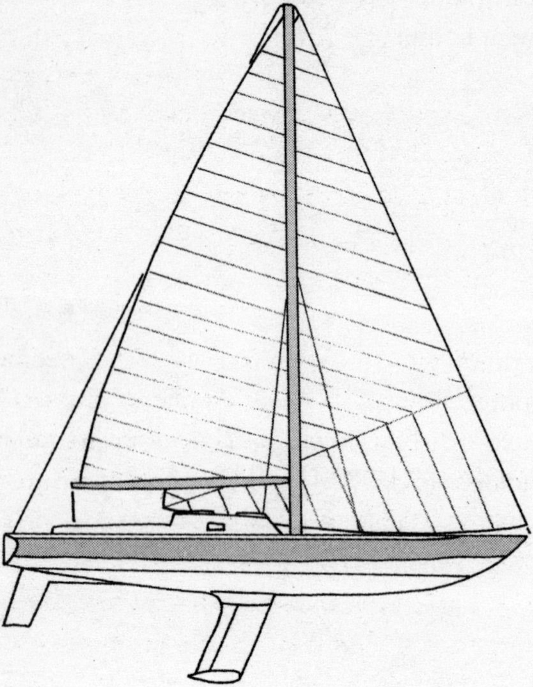

Pen Duick V

19

La durée n'ayant lieu d'être qu'à l'indicatif présent, pour autant que vivre c'est aller d'une seconde à l'autre, j'ai bien envie de couper court au suivi chronologique de l'histoire et de vous offrir un coq-à-l'âne en guise de récréation. Si l'homme ne peut nullement sortir de sa vie, l'écriture, elle, est bien plus libre. Elle a des bateaux dans les manches, des coqs, des ânes et tant d'autres voyages !

Le 7 juillet 1992, à 20 heures GMT, l'amiral Foillard, directeur de l'École navale – célèbre pour les deux huit-mètres JI qui se tirent la bourre avec les Anglais –, prie quelques amis à dîner chez lui, dont Éric et Jacqueline, son épouse, dont votre serviteur et son épouse d'alors. On fêtait ce soir-là, avec une solennité bonhomme, le premier rassemblement à Brest des plus beaux voiliers du monde, que d'improbables vapeurs charbon infiltraient. Présent, l'*Amerigo Vespucci*, mais également présente, une galère ukrainienne partie de mer Noire six mois plus tôt pour être bien à l'heure au rendez-vous brestois, venue tirée par des rames et des voiles rapiécées, par le raz Blanchard, Barfleur, la pointe Saint-Matthieu.

Éric et moi nous bavardons à la fin du dîner.

— Vous êtes en bateau ?

— En bateau.

— *Pen Duick* ?

— *Pen Duick*... Et vous ?

— *Baba Yaga*... First 456.

Philip Plisson s'approche. Il est peintre officiel de la Marine, en tenue d'officier.

— Plan Fife et plan Frers, mazette !

Le lendemain, nous voguons de conserve à travers la rade, direction Douarnenez. Jacqueline est sur *Pen Duick*. Je crois me rappeler que Marie, leur fille, y est aussi. Un temps de curé. Vin d'honneur à l'arrivée sur les quais en liesse. C'est fou comme l'honneur a soif, le moment venu, comme il aime à lever son verre, à épier la crevaison de ces bulles de rien, symbole du rien des honneurs pourtant nécessaires à l'espoir humain.

Je dis à Éric :

— J'adore mon bateau, franchement. Je ne me lasse pas de contempler son trois-quarts arrière, galbé de trois façons. Mais j'avoue que l'arrière du Fife…

J'en avale ma salive, je vais me trahir :

— … j'avoue que l'arrière du Fife est encore plus beau, plus pur.

Et là, cette phrase d'Éric chante à mon oreille :

— Le jour où ça vous tente, n'hésitez pas. Je vous prête *Pen Duick* et je vous autorise à le recopier, en bois, en plastique, à votre idée.

Plisson est témoin. J'en oublie de lui rappeler la fois où nous avons navigué ensemble en baie de Quiberon. Il est vrai que du regard, ce soir-là, il m'avait instamment prié d'en préserver mes souvenirs.

Aujourd'hui, 1er avril 2008, fête du poisson, et partant des voiliers à croupe de poisson, je n'ai pas qu'un mince regret au souvenir de la proposition d'Éric. Disons que je n'ai jamais eu l'occasion d'y donner suite, le sort étant passé par ici. Je craindrais qu'il ne repassât par là si Gérard Petitpas ou Jacqueline Tabarly, ou Marie, aujourd'hui, consentaient à valider ces paroles sacrées qui persistent à résonner en moi comme une promesse, un vœu.

Il paraît que la vie est longue. Si tel est le cas, et si les mots dont je bleuis la page de mes cahiers chinois veulent bien se changer en or, il se pourrait que mon prochain bateau, sinon le dernier, fût jumeau du *Pen Duick*, décidément né pour s'éterniser.

20

J'ai lu sous la plume d'Alain Gliksman, décidément homme de mer et d'écriture – c'est assez rare pour être dit à ceux qui l'ignorent –, qu'après sa victoire fantomatique à travers l'océan, Éric avait reçu de la part du public un hommage quasi religieux, comme il a pu s'en rendre à Dionysos, Achille ou Persée. Les femmes lui couraient après. Qui sont-elles pour lui ? Il est discret. « Ça ne vous regarde pas. » De tels mots ont très bien pu franchir ses lèvres. Le secret dont il aime entourer sa passion des mers est aussi inviolable quand on lui parle des femmes, l'air entendu, comme s'il y avait là, pour lui, forcément, une belle occasion d'épater. Quelle malheureuse irait se refuser à Tabarly en 1964 ?

« Allez vous faire voir par les Grecs ! » De tels mots aussi ont pu franchir ses lèvres, Éric faisant volontiers mentir les clichés sur son motus légendaire, excellent parleur quand le sujet l'intéressait, voire excellent écrivain.

Interrogés, ses compagnons de mer sourient. Éric, les femmes ? Ah oui… Le proverbe marin : une dans chaque port… Le pied marin c'est aussi prendre son pied, oublier momentanément la mer par l'amour, quand la traversée vous a mis les nerfs à rude épreuve. La mer, la femme, la fiesta d'une escale où les belles ne demandent qu'à s'abandonner sur le beau bateau libre de rester, de partir à jamais. Éric n'était pas comme ça. Éric n'était pas du genre à baratiner, à draguer…

Homme à femmes, il l'était sans ostentation, sur un plan où la délicatesse avait un rôle à jouer. Ses équipiers dépeignent un chef de bord romantique, silencieux, timide. Une fille lui plaît, il attend. Il peut attendre longtemps, elle aussi. Il est probable qu'adolescent il ait souffert en amour, la timidité faisant rarement progresser les affaires de cœur, la timidité cristallisant la timidité d'autrui…

Je m'interromps un instant. Je suis en train de l'imaginer lisant par-dessus mon épaule et riant sous cape. Qu'est-ce qu'il raconte, ce brave écrivain ? Qu'est-ce qu'il peut en savoir ? Qu'attend-il de moi en écrivant sur moi, sur la période où j'étais moi ? Qu'ils sont énervés, sûrs d'eux, ces vivants, avec leurs mots. Avec leurs vérités et leurs mots…

Voilà, je reprends le fil de mon paragraphe… Donc Éric est timide. Il conquiert l'horizon, il a besoin d'être conquis par les femmes. Audacieux en mer, pusillanime en amour, d'une patience à perdre patience lorsqu'on attend qu'il daigne se déclarer.

Se marier ? Vous n'y pensez pas. Il veut bien s'attacher à l'amour, mais le mariage… Pour ce qui est des enfants, que les autres aient le bonheur d'engendrer. C'est ce qu'il prétend. En fait, il est prêt à dire comme tout un chacun : *Toi ? Ce n'est pas la même chose*. Un homme se marie tôt ou tard, il le sait, *le jour où ce n'est pas la même chose*. Il n'a tout simplement pas rencontré la femme de sa vie.

Tout change après 1964, et de *Pen Duick* en *Pen Duick* il ne va plus cesser de voir abonder cette chance d'amour que beaucoup passent leur vie entière à guetter. On pourrait donner des noms, esquisser les grandes lignes d'un tableau de chasse où le chasseur est le plus souvent pourchassé. On peut toujours, évoquant la mémoire d'un être absent, s'imaginer un droit sur des sentiments qu'il n'a jamais démêlés lui-même et se mettre à les dépiauter sous un éclairage au scialytique, pour émoustiller quelques voyeurs. Sans intérêt. Au-delà des amours d'un soir, Éric attendait l'amour de toute une vie. Citons le prénom inséparable aujourd'hui du sien : Jacqueline, son épouse. Éric et Jacqueline. Et citons Marie, leur fille.

Laisse-moi te parler un instant, Marie. Mon père me faisait penser au tien, fier, conquérant, secret, timide. Mon père et ton père se connaissaient bien, ils s'appréciaient. La même trempe, la même retenue. Il faut sans doute une longue mémoire pour explorer la chance d'être des Terriens grâce à eux. Et, bon gré mal gré, de leur ressembler.

Assez parlé d'amour, évocation taboue chez quiconque et *ligne d'ombre*, disait Conrad, le plus rétif des horizons.

21

Tout un pays va souhaiter emboîter le pas au vainqueur de l'Atlantique, après 1964, et la navigation prendre un essor impensable avant lui. Le bleu du littoral se couvre de voiliers blancs. Les adolescents bourgeois s'émancipent en mer : lui à la barre, au stick, elle au trapèze, échevelée, cuivrée, les bras en croix dans la lumière sans fin. L'aîné, le veuf, l'inconsolé, le ténébreux veut habiter la tour abolie, c'est-à-dire voyager seul de par les mers lointaines. On construit en bois, en plastique, en fer, en ciment, à tous les prix. Quand on n'a pas les moyens du meilleur marché, on construit soi-même. La librairie s'y met : *Construisez vous-même*, *Soyez charpentier*, *Soyez soudeur*, *électricien*, *plombier*, *radio-téléphoniste*, *faiseur de point*, *trigonomètre*, *lanceur de spi*, *cuisinier du large*, *peintre en carène*, *expert en corrosion*, *ingénieur en astuces navales* et, le cas échéant, *Soyez courageux, Soyez marin* ! Le cas échéant, le bateau fini, sortez-le du hangar, descendez la rivière la plus proche, allez chercher la mer au fil des eaux douces et naviguez, faites-vous plaisir, peur, sombrez, sauvez-vous, demandez pardon aux hospitaliers sauveteurs bretons qui vous rattrapent aux cheveux parmi les brisants, *gratis pro deo*, ou bien considérez dents serrées qu'ils font partie du décor depuis que la mer est mer, mauvaise à boire, bonne à rêver, à crever, grande dame et surtout fieffée salope.

Réinventez l'histoire, imaginez un bateau plus fort, des tôles de contre-torpilleur, songez au bout du monde, aux îlots des Hespérides, aux Lofoten. Songez à tous ceux qui sont partis.

On lit Slocum, Le Toumelin, Adlard Koles, le manuel des Glénan. On lit Moitessier, stupéfait devant *Joshua* digne du Facteur Cheval, un chaudron rouge sang tout en plaies et bosses, couturé, bardé. On ne jure plus que par les croiseurs à gueule de vieille chaloupe norvégienne, les poteaux télégraphiques autoclaves en guise de mât, la grosse chaîne spectrale en guise de hauban, la peinture épaisse, puante, goudron, minium.

Dans toutes les aires du vent, des aventuriers à poils de Robinson flairent une chance de paradis primitif, loin d'une Europe en train d'américaniser ses routines : le fric, les moteurs, les week-ends, la télé, les distractions bâclées, tous les trucs de la nouvelle aliénation matérialiste, les gosses en rébellion, les femmes en rébellion, la flagellation publique et privée du macho montré du doigt. Il n'est que temps de se replier en mer : en mer il ne passe jamais grand monde…

Voilà comment tant d'improbables goélettes et ketchs À VENDRE, dont feu mon cher *Æleuthera*, vont remplir bassins à flot et marinas, de Lorient aux Antilles, ruinés par le prix des vagues et du vent pas cher. C'est du moins la version des capitaines paresseux, recyclés serveurs dans les pizzerias du port. Le rêve aussi peut ruiner le bateau qui prend la mer coûte que coûte. Rêver n'est pas naviguer. N'imite pas qui veut Robinson, Moitessier, Tabarly.

Voici la résistible ascension d'Éric Tabarly métamorphosée par lui-même après 64, et selon la foi qu'il avait dans la constellation du Dragon d'or, l'insigne des Fife. La tribu des mésanges à tête noire vient d'entamer ses riches heures, et le maître à bord sait déjà quelle engeance il entend multiplier, à quelles fins premières. À quelles fins ? La vitesse. Il a conduit vélos, motos, avions, buggys et coupés sport, voiliers comme s'il n'avait rien de plus pressé que d'aller vite et plus vite encore. Au sein du temps universel, il s'est creusé le temps personnel d'un chronomètre à lui, coupant au battement régulier des heures. Il était son propre méridien, méridien volage au sens nautique. Le doigt d'une fée touchant la mer pour faire apparaître l'hydroptère de ses rêves, Éric jubilerait un moment puis traiterait la merveille de tortue. Tortue volante mais tortue, les enfants, minée par le doute essentiel de son maître : le temps, ne jamais se laisser déborder par le temps, ne jamais lui céder la priorité. C'est le temps qui fait voile derrière vous, toujours, lui le suiveur impossible à distancer, à battre, c'est lui qui bat dans la poitrine de chacun. Si jamais l'esprit d'aventure posséda un homme, c'est bien Tabarly, l'éternel adolescent rapiécé, amoureux des machines volantes et ventelantes, amoureux du vent et du temps qu'il fabriquait lui-même. Après la mer il aima la neige, le ski, bougeotte excitante. Aimant la neige il aimait la mer qu'il avait renoncé provisoirement à traverser en un *temps record*. Quelque chose allait arriver, il n'était pas possible que le temps fût passé devant lui.

En 1964, il mène la partie. La jauge, le rating, ce jeu du chat et de la souris avec le règlement anglais ne le prend jamais au dépourvu. Trop long, *Pen Duick II* ? C'est à la scie que la chose est réglée, c'est par un gréement goélette augmenté d'un wishbone qu'il regagne la vitesse perdue. Il court les mers, mais victorieux ou non il lui faut un nouveau bateau. Histoire ancienne, *Pen Duick II*, après deux ans. Celui qui dessinait la mer sur ses cahiers d'écolier reprend son crayon et dessine la mer, le vent, le corps parfait du voilier qu'il désire offrir à la mer, au vent.

Pen Duick III vient au monde avec un air de famille qui tient non seulement au noir vernissé, la non-couleur des Fife, mais à la sveltesse d'oiseau. J'ai déjà dit, mais le redire est agréable, quel invincible dingo fut ce *Pen Duick III* mal vu des Anglais qu'il humilia dans tous les tournois sans exception, jusqu'à l'îlot du Fastnet, leur imprenable joyau, navire à l'aise aussi bien dans la victoire, le repos du grand coureur, que dans ses chamailleries avec l'ouragan. *Du bon bateau*, pour Éric, du très bon bateau démodé par son intuition que l'avenir s'intéresse de près aux multicoques et que cet excellent bateau va sous peu déchanter.

Par comparaison, *Pen Duick IV* fait figure de monstre, et de monstre à moitié bien luné. Un trimaran. À poil de toute couleur ou non-couleur noire évoquant son affiliation à la fratrie *Pen Duick*. Si la sveltesse est toujours de rigueur, elle se partage entre coque et flotteurs latéraux, trois élancements, trois poupes, trois étraves. C'est un *Pen Duick*, assurément, mais sans la philosophie du Fife tutélaire. Il est trop devancier, trop nouveau, d'abord imaginé pour réfuter l'idée saugrenue d'avoir un concurrent sur l'eau. C'est un défi colossal, un *Titanic*. On connaît la suite... Qu'est-ce qui ne va pas, chez lui ? Son âme, sans doute, un appétit trop évident pour la domination qui fait de l'ombre au sens marin. Des records de vitesse, il en établira plus d'un, mais dans la souffrance, la casse, les pépins, l'incertitude. Il remporte l'Ostar en 72, c'est vrai, un triomphe. Ce jour-là, son capitaine est Alain Colas, le traître aux pattes de lapin sur les joues ; Éric, un jour, refusera qu'on l'évoque en sa présence.

On est loin des Atrides, mais les mauvais sentiments sont là. Si véloce qu'il fût, l'immanence prendra de vitesse le bateau rebaptisé qui croyait pouvoir évincer la mésange noire et filer ses grandes amours avec la mer sous les auspices de *Manureva*. On ne change pas impunément les lunes en louis d'or, ni l'ampleur des sphères étoilées en atout personnel. En 78 il se désintègre au large, il percute un cargo, chavire, est aspiré au ciel, au fond de l'eau, on l'ignore. Un dernier message évoque une mer d'où le ciel a disparu. *Manureva* se volatilise en disputant la course du Rhum. Et depuis la mer n'a pas fait largesse de la moindre chaussure, bouée, amulette ou voile indiquant le lieu du mauvais sort qui frappa Colas.

Inquiétant bateau sur lequel, bien des années plus tôt, finies mes libations avec le capitaine du pétrolier *Octane*, je restai un long moment à méditer à la barre, respirant les effluves de mélasse du silo voisin, écoutant comme des élytres de métal tinter sur le métal glacé.

Pen Duick V est du *bon bateau*, du très bon bateau. En 69, ce monocoque aux œuvres planantes, uniquement dessiné pour le défi Transpacifique de 1969, un trait direct en solitaire, remporte la course en trente-neuf jours. Six mille milles au portant. Impensable. Quand le poisson volant se présente un soir dans les bassins d'un Tokyo désert, il a une avance telle sur les suivants – dix jours – que pas un membre du jury ne songe à l'accueillir.

Où donc se cache le jury ? Comment fait-on pour informer les badauds que l'on arrive à l'instant même de San Francisco et que l'on aimerait bien voir homologuer son temps par les officiels du coin, s'il en est ? Éric ne comprend rien au japonais. Il erre pieds nus, le jean en loques, le regard halluciné, aussi barbu qu'on peut l'être après quarante jours et nuits d'un tel galop sous tous les soleils imaginables, il passe des coups de fil en anglais, rentre à bord pour trouver, l'attendant sur le quai, incrédule, le secrétaire du Nippon Ocean Race Club, se demandant quel énergumène est-ce là, ce gaillard fantomatique à l'anglais approximatif, pièce à conviction d'une arrivée qu'il tient juste à signaler. Avant d'aller dormir, dit-il en joignant des mains crevassées contre sa joue, oui, dormir profondément…

Il gagne, il perd, il finit toujours par regagner et communiquer du marin qu'il est, inlassablement, l'image tutélaire d'un chef moral qu'il fait bon citer en exemple, imiter, admirer. Il n'est plus tout jeune, et plus tout jeune il se croit à l'orée des belles heures, comme à Préfailles où les voiliers qu'il armait, les périssoires ruinées qu'il emmenait à la pêche au tacot, les catamarans-taudis qu'il équipait de lièges repris à l'ennemi, lui servaient juste à manger du rêve, appétit jamais rassasié quand il regardait…

Mais que diable peut regarder Éric, à trois ans, six ans, dix ans, quand il regarde la mer entre Pornic et Noirmoutier ? Quand il regarde quoi ?

La mer ?

Mais qu'est-ce que la mer dans les yeux d'un enfant qui vient au monde ?

À trois ans, six ans, dix ans, j'arrivais à la mer et mon cœur battait violemment. Enfant, on essaie déjà d'arracher à l'océan, merveille entre les merveilles, ce trois fois rien du secret des choses qui, lorsqu'on l'attend toujours avec la même avidité, s'est déjà dissipé. Mer, jeunesse, mirage…

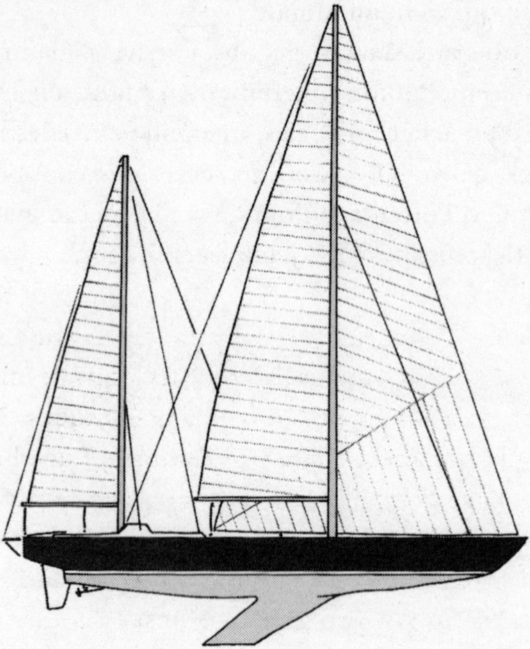

Pen Duick VI

22

Dans les années 1970, Éric sait depuis longtemps, l'ayant souvent démontré, que le multicoque est l'avenir des tournois océaniques. Mais l'avenir, bon dieu, coûte une fortune, et de plus en plus cher ! Pour l'Ostar 76, il envisage un trimaran monté sur foils. Qui va payer les travaux d'étude, la réalisation ? Quels matériaux utiliser ? Les ailerons n'ont d'intérêt que si la coque centrale du bateau consent à déjauger. Il faut construire léger. Les muses glaciales de l'océan ricanent à cette idée. Alliages, fibres de carbone ? Des mots connus chez les faiseurs d'avions, sans application dans les chantiers navals.

Éric est fauché. Il a vendu sans plaisir *Pen Duick IV* au railleur Alain Colas et la victoire du trimaran dans l'Ostar 72 n'a pu que l'énerver.

Victoire ambiguë d'ailleurs : du maître à bord ou du bateau, qui a gagné ? Colas a prouvé qu'il est un grand marin ; le trimaran conçu par Tabarly, qu'il est un grand bateau. Frustrant pour Éric, agaçant pour Colas qui va multiplier les phrases assassines, refusant de céder un pouce de gloire à l'ancien mentor qu'il veut traiter aujourd'hui sur un pied d'égalité, clamant partout que Tabarly n'est plus ce qu'il était depuis que lui, Colas, devient ce qu'il est et va rester : le meilleur.

Les modalités d'une émulation fratricide s'étalent régulièrement dans la presse au mépris complet du sens naval qui veut que la discrétion prime les sentiments personnels, en public, quoi qu'on pense d'un autre marin. Colas parle, il parle trop.

— Il parle trop, dit Éric.

— Vous l'admirez ?

— Pas des masses.

— Il parle trop.

Éric n'a jamais tant parlé, dépité de voir le trimaran servir de podium à ce fier-à-bras, ce matamore qu'il a formé. Colas prétend l'avoir battu, mais aussi détrôné dans le cœur des gens, ceux qui n'ont pas l'occasion de traverser l'Atlantique en voilier et qui, de l'océan, ne connaissent qu'une seule et même vague, une fois l'an, la vague terrestre, balnéaire. De temps à autre elle avale un baigneur.

Un seul ring pour corriger celui qui veut absolument camper le personnage enfantin du rival sûr de son talent. Un seul ring : la mer ! Un seul trophée à décrocher pour dissiper ce malentendu puéril : l'Ostar 76, la prochaine !

Des centaines de marins, les as du monde entier, sont inscrits, mais le bruit court d'ores et déjà que deux hommes ont rendez-vous sur le fil d'arrivée – les deux frères ennemis, désormais : Colas, Tabarly. Le Méridional, le Breton.

Qui vaincra ? Qui baissera les yeux ? Le bavard ou le silencieux ? Pis qu'un duel, c'est une guerre à deux. Et l'on verra jusqu'où peut s'abandonner un esprit, fût-il celui d'un grand marin, quand l'amour-propre lui porte conseil : quand il fait nuit sur la mer et que la mer bat le navire à mort, et sans un mot fait savoir à l'homme seul qu'il n'est pas une goutte d'eau salée, pas un reste d'encablure à courir qui se gagne en les dérobant à la façon du voleur de poules.

Il me vient à l'idée, si l'on veut une circonstance atténuante, et nous la voulons tous, qu'Alain Colas était vaguement timbré, lorsqu'il termina l'Ostar

76, fou de jalousie, de souffrance, de mélancolie. Un pied en moins, imaginez ça ! Une patte folle, estropiée, une grosse tatane orthopédique d'ancien combattant tenue par des tours de sparadrap. Charlot nous aurait fait bien marrer dans un tel numéro de voltige à la mer. Colas, c'est le ventre noué que nous pensons encore à lui. Mais reprenons l'histoire à suivre…

23

Il n'est pas dit qu'Alain Colas, porté au pinacle en 1972, aurait jamais tenu dans le cœur des gens la place de Tabarly, même en additionnant les victoires. On aimait l'un, on admirait le second. Que le public ouvre des yeux ronds sur le vainqueur du jour et lui fasse des risettes, c'est son rôle. D'une autre veine sont les émotions durables qui tissent entre des millions d'inconnus et Tabarly ce lien d'intimité dont Colas est jaloux. Éric est *l'idole des houles*, des foules, une idole à visage humain. Colas est un grand champion dont l'humanité se perd dans les poils de sa barbe et les caquètements.

Début 76, il donne une conférence à l'Olympia devant une salle comble. Il pontifie sur l'Ostar à venir. Il a des révélations à faire. Il dialogue avec son public. Il redevient le prof en chaire qu'il était. On lui parle de Tabarly. Tabarly ? Du passé. De la chance. Un bon marin né au bon moment. Un champion artisanal. Un paysan des flots bleus, comme tous les Bretons. Les bateaux évoluent, les techniques s'affinent, la modernité s'impose, et pour la prochaine Ostar *Pen Duick IV* lui-même va laisser la place à… À quoi ?

À un multicoque, monsieur Colas, forcément. Pas plus rapide qu'un multicoque, vous l'avez prouvé en 72, Tabarly l'a prouvé. C'est d'ailleurs un multicoque archi-secret qu'il est en train d'échafauder pour vous laisser derrière lui dans l'Ostar 76.

Ha ! ha ! ha ! Laissez-moi rire ! fait Colas. Que monsieur Tabarly commence par trouver un budget, et qu'il mette ensuite au panier sa fausse bonne idée ! Mieux qu'un multicoque, les enfants : un monocoque !… Un monocoque, parfaitement, si long que pas un trimaran ne pourra lui faire ombrage. L'avenir, gardez l'œil sur l'avenir… Sachez qu'il appartient aux longues flottaisons, inenvisageables pour nos multicoques aux liaisons fragiles. Rassurez-vous : ce que je réserve aux gens de mer comme à vous passe l'imagination. Vous m'admiriez ? Vous allez m'adorer !

— Quelle taille, monsieur Colas ?

— Beaucoup plus que ça.

Quarante mètres. Quarante-cinq mètres. C'est la longueur du prototype auquel travaille l'architecte naval Michel Bigoin pour Alain Colas, la star océanique de Marseille. Encore trop court, dit Colas. Je veux un bateau plus long que celui de tous mes concurrents ! Je veux que l'on ajoute au moins dix mètres au dessin du plus grand des voiliers prévus. Colas exige. Il est soutenu. Gaston Defferre, maire de la ville, assure avec *Le Provençal* une campagne publicitaire de choc autour du maxi-*Manureva* qui ne cesse de s'allonger. Cinquante-cinq mètres ! *Le Provençal* peut ainsi dévoiler pour nos lecteurs le montant du chèque vertigineux que Gilbert Trigano remet au marin marseillais pour que son bateau vainqueur, forcément vainqueur de l'Ostar à venir, porte le nom d'une marque à succès connue du monde entier : *Club Méditerranée*.

Club Méditerranée s'appellera le Classe 1. Crayonné par Michel Bigoin, construit par l'arsenal de Toulon. Et puisque la folie des grandeurs a désormais les moyens du Club, ce n'est plus un trois-mâts géant qui met en ébullition les neurones du navigateur solitaire, mais un quatre-mâts ! Intelligent mais un rien délirant, le loup de mer, une meute à lui seul… En fin de compte, il se laissera persuader que soixante-dix mètres est une longueur à la mesure de ses vœux, supérieure à celle des vaisseaux du Roi-Soleil et du Roi serrurier, fils naturels de la grandeur en mer et partout.

À soixante-douze mètres, Colas dit banco ! Soixante-douze est son chiffre fétiche, le millésime de son Ostar victorieuse.

Pendant ce temps-là, Tabarly…

Colas n'y pense plus ou si peu. C'est un monsieur très important qui brasse des affaires et des rêves de haute mer dont le plus haut, c'est lui. Un jour à Marseille, un autre à Toulon, un autre à La Trinité, port d'attache où *Pen Duick IV*, pardon, *Manureva*, l'attend au mouillage devant les pontons, admiré de loin par les badauds à pied, de près par les badauds à flot. Bateau d'Alain Colas, bateau d'Éric Tabarly.

Bateau irréel. L'irréalité n'est-elle pas l'un des apanages de l'Enfer, celui qui permet d'en mitiger l'effroi ? Étrange, inhumain, ce trimaran de métal nu. *Pen Duick II* fut aimé dans la victoire ; *Pen Duick IV* vainqueur, lui, inspira des sentiments dénués d'affection : trop différent physiquement des voiliers que le public avait besoin d'aimer.

Le 19 mai 1975, par un beau soleil du sud, Alain Colas sortit sous voile de La Trinité, emmenant femme et famille en balade aux îles, heureux autant qu'il savait l'être à cette époque. On entend par là qu'il avait pour but d'accéder à l'échelon supérieur de la notoriété, là où Tabarly faisait déjà figure de mythe. Tant qu'il n'aurait pas remporté l'Ostar sur un bateau à lui, son lumineux bonheur social et familial le laisserait insatisfait. Il va donc aux îles. On peut l'imaginer filant sur Houat à douze nœuds, se régalant des lumières pailletées, blanches et bleues, que les granits schisteux du passage des Sœurs font tressaillir dans la brise et sur l'eau ; on peut l'imaginer à l'ancre devant l'immense plage aux ondulations sahariennes où l'ancien débarcadère a laissé quelques blocs taillés dont certains ont encore l'air d'être empilés. C'est ici, dit Colas, que le curé faisait tirer au canon sur l'île de Hoëdic, après la Révolution, dans l'espoir de trouer leur couenne rose à quelques Anglais cantonnés là par Sa Majesté. Des flics. Le canon était vieux, une antique bouche à feu d'ailleurs anglaise, remontée d'un navire naufragé. Les boulets n'arrivaient jamais à destination, et pourtant, voyez comme Hoëdic est proche de nous ! Il suffit de tendre la main pour saisir les choses que le regard a d'abord capté. Un seul boulet, porté sur le lit d'un tumultueux souffle d'hiver, atteignit l'île sœur un après-midi. Ce fut le curé de Hoëdic – on disait recteur –, un sacré marin pêcheur au demeurant, qu'il décapita pendant la cérémonie de bénédiction du flot.

On peut imaginer Colas relâchant ensuite à Belle-Île et se demandant où passer la nuit avec ses encombrants flotteurs. Il désire amener son monde à terre, se montrer incognito, blindé de lunettes noires, au café du port. Il aime l'endroit. C'est là que le *Guerveur* et l'*Acadie*, navires à passagers de la Compagnie morbihannaise, débarquent et rembarquent les chic visiteurs de cette oasis atlantique, à la fois connue dans les années 70 et totalement préservée du tourisme grégaire qui se bouscule au sud, le Sud méridional, son Sud à lui, Colas. Délicat de stationner au Palais, même remorqué. Impossible à Sauzon. Impossible à Sterwen et Stervras, les ports préhistoriques de la côte sauvage, rendez-vous des contrebandiers, l'angle idéal pour dépeindre au mieux le sens relatif du Beau. On peut mouiller à la plage, mais on est loin de tout : les Grands-Sables, Bordardoué, Ramonette, à l'abri du vent d'ouest ? Un coup de sud orageux peut toujours se pointer et vous flanquer à la plage. Vieux dilemme, au moment de choisir la nuit d'un grand voilier.

Mouillage forain ou mouillage urbain, derrière un môle ou dans une rivière ? On va dire qu'Alain Colas jette l'ancre dans la boucle de Ramonette, au sud de Palais, décidé à rejoindre La Trinité avant la nuit. Ce qu'il fait aussitôt après qu'ils sont tous descendus en youyou manger une glace au Café du Port et revenus sur le trimaran. Allez, on fiche le camp, on a la marée !

Voici que dans la destinée d'Alain Colas entre en jeu une pièce de métal physiquement dérisoire, on peut appeler ça l'anneau du manillon qui tient la poulie – ou réa – de grand-voile en haut du mât. Le *scrupulum* ou gravillon coincé dans la sandale du fantassin romain l'empêchait d'avancer. Le manillon dont il est question empêchera non seulement Colas de marcher, mais il n'est pas excentrique de supposer qu'il n'aurait pas disparu en mer – en tout cas disparu, comme il disparut deux ans après l'Ostar, en grotesque diable boiteux –, sans l'anicroche du 19 mai 1975, la Pentecôte, à 18 heures et probablement quelques poussières.

Foc affalé, *Manureva* le magnifique déboule à six nœuds vers sa bouée sous le regard des mille et un flâneurs massés sur les quais et sur le ponton pour voir le champion s'en arranger comme un chef.

Anicroche, accident.

Alain Colas veut descendre la voile qui ne descend pas d'un pli.

Soit le trimaran percute à pleine vitesse le ponton, soit il éperonne un grand sloop bleu en virant.

C'est maintenant ou jamais qu'il faut arrêter les frais. Colas se précipite à l'avant pour jeter l'ancre. Parlons-en ! Elle pèse cinquante-six livres de fonte d'acier galvanisé, elle est munie d'une chaîne de douze en acier galvanisé elle aussi, actionnée par un guindeau mécanique déverrouillable instantanément.

Déverrouillée, l'ancre plonge à pic, entraînant la chaîne à la volée, entraînant au passage le pied gauche du marin pris sous la chaîne. On a parlé aussi d'un orin ou filin s'enroulant autour de sa jambe au moment où l'ancre basculait à la mer. Le pied broyé, la cheville sectionnée, Colas tranche au coteau l'orin. Son pied ne tient plus au tibia que par un seul tendon quand on le transporte à l'hôpital.

Il n'y a rien à faire, rien qui pourrait rendre au marin son pied valide. Les médecins proposent amputation, béquilles, prothèse. Colas répond : *Club Méditerranée*, je garde mon pied tel qu'il est, débrouillez-vous pour qu'il me supporte au moins jusqu'à l'Ostar. N'oubliez jamais que je vais gagner, parfaitement, car moi *j'accomplis un acte de foi.*

Il va l'accomplir en claudiquant et souffrant le martyre. Il va l'accomplir en perdant la foi.

Que ce discours aux interpolations variées ne fasse pas oublier au lecteur – surtout s'il est jeune et terrien depuis trop peu d'années pour avoir connu ces « actualités » en leur temps – qu'Alain Colas, bluffeur, ramenard, est d'abord un capitaine courageux. Chez lui le courage s'apparente à la folie. Capitaine Courage. Capitaine Folie.

Pendant ce temps-là, Tabarly poursuit une carrière aux inflexions grandioses. Il brasse les méridiens au sud, au nord, remue beaucoup d'air et d'eau, admet à contrecœur les avantages de la barre à roue, reçoit par avion des mâts neufs au Brésil, passe le cap Horn, va très vite, beaucoup moins vite, fait du surplace et, quoi qu'il en soit, cravache après une médaille d'or aussi bien cachée dans l'horizon qu'une fève de galette des rois. Résultats irréguliers, désastreux, prodigieux. Des records isolés. De celui qu'il a paré d'une aura quasi divine, le public attend qu'il relève le gant jeté par Colas. Et les regards se tournent vers l'Angleterre où, le 4 juin 1976, à Plymouth…

Tabarly tient son monde en haleine. À six mois du grand jour, il n'est pas inscrit à l'Ostar. Tout occupé qu'il est à braver les mers extrêmes, il a parfaitement compris que le côté obscur de la force lui lance un défi sur l'Atlantique, et qu'ils sont déjà quelques millions à ronger leur frein. Il feint d'ignorer les délais. Sa méthode, si méthode il y a, consiste à garder pour lui ses intentions vraies. On peut avancer qu'elles dépendent uniquement du bateau-oiseau qu'il s'acharne à vouloir opérationnel à temps, contre l'évidence pécuniaire, technologique, professionnelle. C'est au rêve, hélas, d'épouser la réalité. Il connaît la chanson, mais de là à la chanter…

L'un de ses équipiers lui offre un jour un modèle réduit, comme il s'en confectionnait autrefois sur les navires ayant traversé la tempête, et que l'on retrouvait se balançant, ex-voto, sous les plafonds étoilés des chapelles. Éric prend la chose assez mal. Son cadeau, un assemblage de bouteilles de plastique et de lignes à thon singeant la forme d'un trimaran, sent la farce à plein nez. Il porte un nom : *Biquette*, et tout l'équipage se fend la pipe en regardant *Biquette*, en regardant Éric nullement amusé par la rigolade générale.

L'histoire ne dit pas quelle corvée typique de la marine le petit malin écopa les jours suivants, pour avoir osé faire bêler sa *Biquette* à la barbe d'Éric.

L'incident se déroule à Rio de Janeiro sur *Pen Duick VI*, bateau qui vient de considérablement défrayer la chronique, toujours à son honneur, pas toujours à sa gloire. C'est l'un des plus beaux voiliers de course au monde, un ketch en duralinox d'une longueur de vingt-deux mètres vingt-cinq, dessiné par André Mauric. L'arsenal de Brest l'a fabriqué de bout en bout. L'indispensable Gérard Petitpas, l'homme de toutes les situations inextricables dont s'agrémente le financement d'un grand *racer* océanique, a dû faire assaut d'ingéniosité, d'opiniâtreté, de culot pour le payer.

On peut affirmer sans exagérer qu'avec l'acquisition de *Pen Duick VI*, moyennant des participations fédérées en un groupement d'intérêt économique, il vient d'inventer ce que sera la sponsorisation nautique dans les années 1980. La presse n'a pas manqué de s'étonner que des arsenaux d'État, chargés de renouveler selon les besoins nationaux du moment la flotte de guerre, puissent avoir en chantier le voilier d'un officier de marine, si renommé soit-il. L'argent du contribuable serait-il jeté à la mer ?

Pen Duick VI a été voulu, désiré, conçu par Éric afin de disputer en 73-74 la première Whitbread autour du monde, une course avec équipage, les trois caps. Remarquable aux essais, rapide, puissant, manœuvrant, équilibré, il semble avoir tout pour lui, y compris la bénédiction d'une marine française unanime à s'impliquer dans cette navigation qui va célébrer si loin les couleurs du pays, grâce aux compétences et à l'enthousiasme qu'elle a fournis. On allait courir et régater sous des latitudes antarctiques réputées *rugissantes*, au péril d'un océan plus sauvage encore que ses pairs, dont les marins ne reviennent jamais sans trembler. On allait voir de près *l'archipel des Éléphants blancs*, pâles cauchemars, îles imaginaires qui sont les plus hautes vagues et les plus longues, déferlantes, et les plus cogneuses que la mer ait portées, déployées vers nulle part sous la pression d'un vent qui souffle en tempête jour et nuit, à longueur d'année.

Pen Duick VI obtiendra plusieurs fois les honneurs de la cimaise au cours de la Whibread. On le verra s'installer en grand et piteux état sur la couverture de *Paris Match*, mutilé, ponton immobilisé au beau milieu des flots bleus, fagoté d'une voilure de misère aux allures de torchon. Pot au noir, démâtage. Remâtage à Rio. Redémâtage, voilure de misère, torchon. Remâtage. Pas marrant pour lui, disent les journaux, ça doit coûter cher. Qui paie les avaries de *Pen Duick* ? Qui paie le transport par avion des mâts, si longs qu'il a fallu les scier, les tronçonner ? C'est nous qui payons ?

Pen Duick n'est plus en course, éliminé. Il court pour le roi de Prusse, pour du beurre ! Il bat des records de vitesse entre Rio et Cape Town, une longueur d'océan. La nouvelle ne fait pas l'effet d'une bombe aux morfals de l'information choc. Nouveau record entre Cape Town et Sydney. Encore un océan ! Bien, bien. Le public attendait de son chouchou national qu'il remportât la Whitbread sans tortiller. Ah ! voilà qui est mieux : il rafle en beauté la timbale du Triangle Atlantique en 75, un triangle à quatre pointes : Saint-Malo, Cap Town, Rio, Portsmouth. Et c'est à Rio qu'après avoir vu *Biquette* bouchonner le long du ketch noir il prend la décision d'affronter Colas dans l'Ostar – non pas sur le minotaure volant qui fait toujours des loopings dans son crâne, mais sur *Pen Duick VI* au meilleur de ses paramètres, aujourd'hui équipé d'un excellent mât, hélas anglais, implanté directement sur le fer de quille.

— Débarquez, dit-il à son équipage, amusez-vous quelques jours, prenez du bon temps, je reviens.

Et le voilà parti pour accomplir les formalités d'usage, un tour en mer de cinq cents milles, bien sûr en solitaire. Dixit le règlement anglais.

Plymouth, 5 juin 76. Colas contre Tabarly. Colas et Tabarly contre les six cents voiliers engagés. Le public n'a d'yeux que pour *Club Méditerranée* et *Pen Duick.* Surtout pour *Club Méditerranée*, ce bateau fort de quatre mâts, doté d'un récepteur satellitaire, d'une voilure de 1 200 mètres carrés réglable automatiquement du poste de pilotage, de vingt-quatre winchs téléguidés, avec une longueur de flottaison telle que sa vitesse égalerait celle d'un torpilleur. On voit mal comment la victoire pourrait lui échapper, en temps réel et compensé. Pour Colas, c'est dans la poche. On a le meilleur bateau, on est le meilleur marin. Si Tabarly arrive second à Newport, il pourra s'estimer heureux.

Dragueur de mines, coup de canon, c'est parti. Les premiers jours et parfois les derniers ! Colas va multiplier les rodomontades à la radio, se targuer d'une croisière de rêve et d'une avance que la discrétion ne l'autorise pas à dévoiler à l'antenne. Éric, à son habitude, a disparu. *Where is Tabarly ?* Figurez-vous qu'on n'en sait rien. Comme en 64, il fait le mort et le fait à la perfection. Il passe même pour mort. D'ailleurs, cette course est une hécatombe : les voiliers s'ouvrent en deux, appellent au secours, on ne compte pas les abandons et naufrages. Les dépressions s'enchaînent sur l'Atlantique Nord, et c'est d'une tempête à l'autre que l'Ostar dépenaillé s'efforce de rallier Newport.

À la radio, Colas fanfaronne. Tout va bien, la couchette est moelleuse, délicieux les mets régionaux cuisinés d'avance par son ami restaurateur, fiables les appareils électroniques, solides ces voiles dans le vent fort, très fort… L'océan met les petits plats dans les grands, très aimable à lui. Pour un bateau pareil les paquets de mer sont des paquets-cadeaux.

Le 16 juin, bémol du côté du *Club*. Il est pris en flagrant délit d'avarie. Un navire de commerce libérien signale au sud de Terre-Neuve un voilier démesurément long dont les voiles arrachées pendouillent à la mer, le long des flancs. Il est aussi question d'une créature crapaudesque essayant d'évoluer sur le pont. Inquiétude à Paris, appels radio :

— Ça va ?

— La grande forme ! répond Colas. Des nouvelles de Tabarly ? Ah, je vais devoir faire un brin d'escale technique à Terre-Neuve, histoire de changer quelques drisses.

C'est d'un pied neuf qu'il a besoin. Il confie à la radio que ce moignon vivant lui fait l'effet d'un insupportable boulet. Première fois qu'il se plaint… Est-ce que, par hasard, il n'en pourrait plus ? À Terre-Neuve, on lui envoie par avion la bagatelle d'une tonne de drisses et de matériel divers. Et aussi quelques gros bras et petites mains. Ça ne vaut pas un bon pied, mais c'est déjà ça. Il passe là-bas trente-six heures à bricoler, repart, à nouveau sûr de gagner.

Where is Tabarly ? Toujours aussi mort. Un voilier fantôme. Un voilier mort. Au tapis. Dire quoi ? Annoncer comment ? Par quel bout prendre cette absence ? Par quel cordon du poêle ? Il a déjà fait le coup. Le public veut savoir. Le public veut son Tabarly mort ou vif. L'abracadabrant s'empare des médias, sur les nerfs à force d'ignorer où il est. On est en plein mirage. Oui, on a vu *Pen Duick* naufragé sur l'île de Sable. Oui, on a vu *Pen Duick* éperonné par un chalutier canadien. On a vu *Pen Duick* du côté de Boston, entré dans la baie par erreur. On ment, on dément, on recommence à voir Tabarly, un Tabarly de plus en plus mort à force d'être vu n'importe où.

Le 28 juin, *Club Méditerranée* est pointé par les garde-côtes à cent cinquante milles de Newport.

C'est du sûr. Il va gagner ! Son arrivée programmée le prévoit à Newport pas plus tard que dimanche matin, pas plus tard que dix heures, après le petit déjeuner des journalistes qui sont quelques centaines à vouloir se l'arracher. Bonne météo.

Très sollicité sur les ondes, Colas ne déclare pas « je vous l'avais bien dit », mais c'est tout comme. Il a quelques paroles émues pour cet infortuné Tabarly dont on aimerait bien savoir si c'est la brume ou plus grave qui le dissimule à l'attention de tous. S'il le faut, il est prêt à se dérouter, à sacrifier l'Ostar, s'il se trouvait qu'il a besoin de lui. Entre gens de mer, on est comme ça, la rivalité passe au second plan.

— Bon, conclut-il, j'ai bon espoir de gagner.

Le 29 juin, à 3 h 12, par une nuit noire et humide, *Pen Duick VI* réapparaît comme une ombre dans l'ombre et se laisse accoster par une annexe où le considère un jeune homme, bouche bée, tiré du lit par un besoin naturel.

— Alors ? dit Éric.

— Vous êtes à Newport.

— Combien d'arrivés ?

— Vous êtes le premier.

La suite est pénible à raconter. La rage d'un marin boiteux qui n'admet pas la défaite met mal à l'aise. Colas veut parler, empoigner les micros, contester, ricaner, vociférer. Une machination, un coup monté. Ce sont les médias, avec leurs rumeurs bidons, qui ont endormi sa méfiance. On a scandaleusement avantagé Tabarly. Il va faire un procès. Tabarly n'a même pas battu son record de 72. Et qui le battra, ce record atlantique ? Moi, Colas, dans quatre ans. Moi seul, Colas, puis battre Colas…

Il est second, avec sept heures et vingt-quatre minutes d'écart, mais va rétrograder. À Terre-Neuve, il s'est fait aider pour hisser les voiles. Assistance à la manœuvre, article 22-2, interdit. Il descend en cinquième position. C'est mû par le puissant moteur du *Club Méditerranée* qu'il a fini la course à travers les vents faibles. Interdit, la tricherie. Article universel : il est disqualifié… La honte. Un pestiféré, une si grande gueule. Il a triché. La honte !

Tabarly refusera de lui serrer la main.

24

Énumérer les événements de la vie d'un homme, c'est ignorer cet homme. Grande est pourtant la tentation de faire un sort à l'Ostar 76, en affirmant qu'elle est le point culminant du destin marin d'Éric. Il a battu Colas en un combat nullement douteux, en tout cas vu du *Pen Duick VI*. Il a battu les six cents autres marins engagés. Il s'est battu lui-même en renonçant à renoncer, quand l'océan cherchait à l'hypnotiser dans les rets du Gulf Stream. Il a été le héros merveilleux d'une tragédie dont la planète humaine a profité, comme s'il n'était rien de plus émouvant qu'un lutteur invisible entouré par l'eau, par le vent, qui reparaît victorieux quand on l'a cru mort et pleuré.

Il faut la naïveté d'un rhapsode breton pour insinuer qu'un destin global, après coup, se laisse appliquer la norme des épithètes, et partant fragmenter. Destin marin, destin non marin, destin amoureux, etc.

Le 26 juin 76, Éric Tabarly est allé aussi loin qu'il pouvait sur mer. L'œuvre est accomplie. L'homme est accompli. Qu'il découvre l'amour sur ces entrefaites-là n'a rien d'anodin. Qui sait, quelques années plus tôt, si rencontrant Jacqueline il aurait été l'homme de sa vie ?... Éric va l'aimer d'autant plus librement qu'il n'a pas à troquer l'amour contre la mer pour dire enfin ces mots : *Ni vous sans moi ni moi sans vous*. Belle amie, ainsi est de nous... Il est épris d'une femme qui n'exige rien, ne demande rien, sûrement pas la faveur de considérer l'océan comme un souvenir antérieur à leur histoire. Avec Jacqueline il peut rester lui-même et continuer à vivre la mer comme il a toujours fait. Ce qui ne signifie aucunement que partance et retour soient un yoyo dont elle apprécie les interminables périodes.

Éric ne va pas interpréter sa deuxième victoire atlantique dans le sens d'un point culminant. Il redouble de projets maritimes. Il porte un nom qui pourrait valoir une mine d'or. La chance le préfère va-nu-pieds. Il est heureux en amour, moins heureux, pour ne pas dire angoissé, dans son idylle avec la mer. L'Ostar l'a comblé, mais elle ne représente à ses yeux qu'une étape. Il veut faire beaucoup mieux. Il ne fera plus jamais aussi bien. En 79 on le verra sur l'hydrofoil *Paul Ricard* perdre de justesse sous le nez des Bretons, dans la course Lorient-Bermudes-Lorient, derrière *VSD*. On se passionnera moyennement pour un exploit qui consiste à battre le record de vitesse à travers l'Atlantique, établi en 1905 par l'Américain Charly Barr, avec une goélette de sept cents tonnes et trente-deux hommes à bord. On suivra de loin la croisière de *Pen Duick VI*, rebaptisé *Euromarché* dans la Whitbread. On tremblera pour Éric en le voyant à soixante milles de Funchal, à califourchon sur un flotteur du trimaran *Côte d'or*, chaviré, une photo où son frère Patrick et lui ont piteusement la vedette. Éric abandonne, il tombe à l'eau, il appelle au secours, il chavire. Il court en mer plus vite qu'il n'a jamais couru, tout en donnant l'impression qu'il n'avance plus. On se réjouira quand Alain Thébault le fera naviguer en trois occasions sur un hydroptère expérimental, descendant direct du rêve entamé quand il avait huit ans, à Préfailles, et qu'il ficelait des lièges de dragueur de mines, imaginant des avions flottants, des cerfs-volants, des voiliers.

Sans être un proche, on aime le savoir en famille à Gouesnac'h, et l'admiration qu'on lui voue se nourrit indifféremment des échecs ou des succès. Il peut gagner, perdre, ça n'a plus d'importance. Il est un héros de notre temps. Tout est beauté, on peut même dire que tout finit par être beau. La beauté est une fatalité supérieure à celle de la mort.

Mai 1998. Durant trois jours on fête à Bénodet les cent ans du roi *Pen Duick*. Il n'a jamais été si beau, refait à neuf, sa coque noire polie, soigné qu'il est par son capitaine à longueur d'année. Il a des voiles neuves, un don anonyme. D'autres Fife et d'autres voiliers sont venus faire honneur au doyen. Éric offre des fleurs à celle qui partage sa vie depuis vingt-deux ans. Si Jacqueline a la tête ailleurs, parfois, c'est qu'une autre fête est prévue pour *Pen Duick* fin juin. Un rendez-vous exceptionnel de Fife en Écosse, à Fairlie, leur pays natal. Ce beau voyage à la recherche du temps perdu ne laisse pas d'inquiéter Jacqueline. Pour la première fois depuis qu'ils se connaissent, elle a un pressentiment… Éric et les pressentiments. De toute manière il ne part pas seul.

Le jeudi 5 juin, sur la cale de Sainte-Marine, après le casse-croûte rituel avec les amis, Éric fait ses adieux à Jacqueline. Bon vent, lui dit-elle… *Pen Duick* prend la mer, il fait chaud dans un ciel cotonneux. La croisière s'amuse, elle va bon train, passe le raz de Sein, Ouessant, traverse la Manche et parvient au sud de l'Angleterre où l'horizon s'assombrit. Après quelques jours d'escale forcée en Cornouilles, on repart vent portant. Éric est heureux de monter à Fairlie parader avec ses pairs, il est impatient d'arriver.

Le 13 juin ils sont en mer d'Irlande, cap au nord, la nuit. Il faut envoyer la voile tempête. Erwan Quéméré est à la barre, Éric à la manœuvre, debout sur le rouf. Erwan m'a raconté ce moment irréel dans les ténèbres, où peu après minuit quelque chose arriva…

Erwan Quéméré
51° 18' N – 5° 53' W

« J'ai tout dit, je crois... J'ai parlé aux médecins... je veux dire, après la nuit. Ça fait dix ans... Plus d'une fois j'ai pensé qu'il était impossible de décrypter les choses, un pareil souvenir. J'étais seul avec la voix d'Éric. Quelle différence entre souvenir et cauchemar ? La vie d'un homme, d'un ami. La voix d'un ami perdu. »

Erwan Quéméré, visage étroit, regard clair, mains fines, a cette voix unie qu'on aime entendre sur un voilier. Je comprends qu'Éric ait souhaité l'avoir à ses côtés pour la croisière à Fairlie.

« Il était prêt à partir seul, au besoin. Jacqueline, enfin son épouse, avait un pressentiment. Pour la première fois en vingt-deux ans elle disait : non, n'y va pas. Allez donc fléchir le Bon Dieu. C'est elle qui m'a téléphoné. Elle était très inquiète, elle me suppliait d'accompagner son mari. »

Erwan me regarde, il regarde à travers moi. Il donne l'impression de se parler à lui-même et d'être ailleurs.

« … *Pen Duick* a relâché quelques jours à Newlyn, en Cornouailles, bloqué par le mauvais temps. Éric s'en fichait un peu, du temps bon ou mauvais. Mais c'était un courant fort de noroît et jamais on n'aurait passé Land's End. Un gréement à corne aussi puissant fatigue, face au vent, beaucoup plus qu'une voile Marconi. On attendait du sud, la même brise mais de sud. Le 12 elle s'est levée, on est partis. On était tous d'excellente humeur. La veille ou l'avant-veille, Éric dînait en chantant sur *Magda*, le yacht de ses amis suédois. Comme nous, ils allaient à Fairlie. On a quitté Newlyn ensemble. On les a perdus de vue au cours de la journée. La visibilité tombait, le baromètre aussi… »

Impressionnant, de voir quelqu'un s'efforcer d'encercler au mieux son plus mauvais souvenir.

« … pas le vent, il ne tombait pas, il fraîchissait avec la nuit. Il avait beau nous emporter, le bateau devenait difficile à manœuvrer. Même avec une barre à roue, il aurait fallu envoyer la voile de cape. La corne était beaucoup trop lourde avec ces rafales, et les à-coups qu'elle donnait, on les ressentait physiquement, dans nos carcasses à nous, dans nos os.

— Prends la barre, m'a dit Éric, on affale et on envoie la voile de cape…

J'ai pris la barre. Éric est monté sur le rouf, les autres étaient au pied du mât pour libérer les drisses.

J'ai pensé : pas facile, dans la nuit noire, on va morfler.

La seule chose à faire était venir au vent pour stabiliser *Pen Duick*, et pour que la corne descende bien droit.

J'ai dit, ou plutôt j'ai crié :

— Je lofe ?

— Non, m'a dit Éric par-dessus son épaule.

Venir au vent, lofer… Perdre le temps d'une voilure faseyante, c'était mal connaître Éric. Il y a des bras, sur un voilier, pour assurer la manœuvre sans que le bateau ralentisse. En course, en convoyage, Éric avait les yeux fixés sur la montre. Un mille est un mille…

— Je ne lofe pas ?

— Non.

La voile trempée pesait des tonnes, la bôme accrochait le haut des lames, et la corne, eh bien, la corne envoyait des coups violents à mi-mât, et soudain le bateau faisait des bonds d'une vague à l'autre, il était fou…

— Je lofe ?

— Non.

On a bordé la voile. On a saisi la bôme sur l'X du support… Restait la corne, elle était coincée là-haut.

— Les drisses sont claires ? a dit Éric.

La corne de *Pen Duick*… Un bois massif bardé de ferrures… Six mètres, oh oui, six bons mètres de bois massif secoués par la voile et par le vent… C'était pour lui, la corne, et je ne voyais pas comment l'aider. C'était lui qui devait l'attraper seul, l'immobiliser, la coucher sur la bôme, et les autres n'auraient plus qu'à rabanter, ficeler.

Trop long, j'ai pensé.

Trop long, a dû penser Éric.

Il s'échinait sur la grand-voile, et puis la corne est enfin arrivée à sa hauteur, et puis il… »

Le 13 juin 1998, à 0 h 15, une vague fit a croc-en-jambe au *Pen Duick* qui versa dans un roulis tribord, puis se redressa brutalement sur bâbord, passant le lit du vent. Rabattue par une rafale à contresens, la corne qu'Éric allait saisir le frappa de plein fouet au sternum, le précipitant à la mer.

C'est en vain qu'on le chercha jusqu'au matin.

Erwan me regarde et ce n'est évidemment pas moi qu'il voit dans mes yeux.

« Il a dit quelque chose en tombant. Ce n'était pas un cri, c'était des mots… Un seul mot, ou plusieurs… Plusieurs mots, oui… »

Dix ans plus tard, Erwan se rappelle avoir entendu son ami non pas lancer un cri, mais dire quelque chose en disparaissant à la mer.

Un adieu. Quel adieu ?

Il entend clairement la voix dans le vent noir qui balaie la mer invisible autour du bateau.

Il entend la voix d'Éric, pas les mots.

DU MÊME AUTEUR

Le Charme noir

Gallimard, « Blanche », 1983
et « Folio », n° 1665

Les Noces barbares

prix Goncourt 1985
Gallimard, « Blanche », 1985
et « Folio », n° 1856

La Femme sous l'horizon

Julliard, 1988
et « Pocket », n° 3446

Le Maître des chimères

Julliard, 1990
« Pocket », n° 4059
et « Pocket Best », n° 4060

Prends garde au loup

Julliard, 1992
et « Pocket », n° 2925

Béla Bartok

Stock, 1993

Bretagne : le soleil se lève à l'Ouest

(en collaboration avec Jean-Marc Durou)
Robert Laffont, 1994

La Boîte à joujoux

(en collaboration avec Hervé Blondon)
Nathan, 1994

Disparue dans la nuit

Grasset, 1994
et « Le Livre de poche », n° 13908

Le Pingouin mégalomane
(en collaboration avec Hervé Blondon)
Nathan, 1994

Et la force d'aimer
Grasset, 1996
et « Le Livre de poche », n° 14425

Noir animal : la menace
Bartillat, 1997
et « Pocket Best », n° 10657

Bretagne
(photographies de Philip Plisson)
Chêne, « Panoramique », 1997

Happy birthday Sara
Grasset, 1998
et « Le Livre de poche », n° 14795

Toi l'horizon
Cercle d'art, 1999

Osmose
Robert Laffont, 2000
et « Pocket », n° 11372

Le Soleil se lève à l'Ouest
Bartillat, « Gestes », 2001
et « Pocket Best », n° 11594

Jeanne Champion : idoles
Cercle d'art, « Cercle d'art contemporain », 2002

Boris après l'amour
Fayard, 2002
et LGF, « Le Livre de poche », n° 30121

Vert cruel
Bartillat, 2003

Moi et toi
Fayard, 2004
et « Le Livre de poche », n° 30568

Les Affamés
Fayard, 2004
et « Le Livre de poche », n° 30800

Ma première femme
Fayard, 2005
et « Le Livre de poche », n° 30837

La Dégustation
1973-1974
Fayard, 2005

L'Amante
Fayard, 2006
et « Le Livre de poche », n° 31128

Tendre est la mer
(en collaboration avec Philipp Plisson)
La Martinière, 2006
et « Points », n° P2109

Mineure
Blanche, 2006

L'amour est fou
Fayard, 2006
et « Le Livre de poche », n° 31243

Le Plus Heureux des hommes
Fayard, 2007

Inside
(en collaboration avec Katya Legendre)
Terrail, 2007

Passions criminelles
(en collaboration avec Mireille Dumas)
Fayard, 2008
et Éditions de la Seine, 2008

Barbaque
Fayard, 2009

Dictionnaire amoureux de la Bretagne
Plon, 2009

LE COURAGE EST OFFERT
LE BATEAU VAUT 800 000 €
AIDEZ LES SAUVETEURS EN MER
DUFRESNECORRIGANSCARLETT RC PARIS B 343 597 381
LES SAUVETEURS EN MER
S.N.S.M.
www.snsm.org
Sauveteurs en Mer, je suis solidaire.

IMPRESSION : CPI BRODARD ET TAUPIN À LA FLÈCHE
DÉPÔT LÉGAL : MARS 2009. N° 99152 (51102)
Imprimé en France

Collection Points

DERNIERS TITRES PARUS

P1952. Sabbat Samba. La Trilogie Morgenstern III
Hervé Jubert
P1953. Pour le meilleur et pour l'empire, *James Hawes*
P1954. Doctor Mukti, *Will Self*
P1955. Comme un père, *Laurence Tardieu*
P1956. Sa petite chérie, *Colombe Schneck*
P1957. Tigres et tigresses. Histoire intime des couples présidentiels sous la Ve République, *Christine Clerc*
P1958. Le Nouvel Hollywood, *Peter Biskind*
P1959. Le Tueur en pantoufles, *Frédéric Dard*
P1960. On demande un cadavre, *Frédéric Dard*
P1961. La Grande Friture, *Frédéric Dard*
P1962. Carnets de naufrage, *Guillaume Vigneault*
P1963. Jack l'éventreur démasqué, *Sophie Herfort*
P1964. Chicago banlieue sud, *Sara Paretsky*
P1965. L'Illusion du péché, *Alexandra Marinina*
P1966. Viscéral, *Rachid Djaïdani*
P1967. La Petite Arabe, *Alicia Erian*
P1968. Pampa, *Pierre Kalfon*
P1969. Les Cathares. Brève histoire d'un mythe vivant
Henri Gougaud
P1970. Le Garçon et la Mer, *Kirsty Gunn*
P1971. L'Heure verte, *Frederic Tuten*
P1972. Le Chant des sables, *Brigitte Aubert*
P1973. La Statue du commandeur, *Patrick Besson*
P1974. Mais qui est cette personne allongée dans le lit à côté de moi ?, *Alec Steiner*
P1975. À l'abri de rien, *Olivier Adam*
P1976. Le Cimetière des poupées, *Mazarine Pingeot*
P1977. Le Dernier Frère, *Nathacha Appanah*
P1978. La Robe, *Robert Alexis*
P1979. Le Goût de la mère, *Edward St Aubyn*
P1980. Arlington Park, *Rachel Cusk*
P1981. Un acte d'amour, *James Meek*
P1982. Karoo boy, *Troy Blacklaws*
P1983. Toutes ces vies qu'on abandonne, *Virginie Ollagnier*
P1984. Un peu d'espoir. La trilogie Patrick Melrose
Edward St Aubyn
P1985. Ces femmes qui nous gouvernent, *Christine Ockrent*
P1986. Shakespeare, la biographie, *Peter Ackroyd*

P1987. La Double Vie de Virginia Woolf
Geneviève Brisac, Agnès Desarthe
P1988. Double homicide, *Faye et Jonathan Kellerman*
P1989. La Couleur du deuil, *Ravi Shankar Etteth*
P1990. Le Mur du silence, *Hakan Nesser*
P1991. Mason & Dixon, *Thomas Pynchon*
P1992. Allumer le chat, *Barbara Constantine*
P1993. La Stratégie des antilopes, *Jean Hatzfeld*
P1994. Mauricio ou les Élections sentimentales
Eduardo Mendoza
P1995. La Zone d'inconfort. Une histoire personnelle
Jonathan Franzen
P1996. Un goût de rouille et d'os, *Craig Davidson*
P1997. La Porte des larmes. Retour vers l'Abyssinie
Jean-Claude Guillebaud, Raymond Depardon
P1998. Le Baiser d'Isabelle.
L'aventure de la première greffe du visage
Noëlle Châtelet
P1999. Poésies libres, *Guillaume Apollinaire*
P2000. Ma grand-mère avait les mêmes.
Les dessous affriolants des petites phrases
Philippe Delerm
P2001. Le Français dans tous les sens, *Henriette Walter*
P2002. Bonobo, gazelle & Cie
Henriette Walter, *Pierre Avenas*
P2003. Noir corbeau, *Joel Rose*
P2004. Coupable, *Davis Hosp*
P2005. Une canne à pêche pour mon grand-père, *Gao Xingjian*
P2006. Le Clocher de Kaliazine, Études et miniatures
Alexandre Soljenitsyne
P2007. Rêveurs, *Knut Hamsun*
P2008. Pelures d'oignon, *Günter Grass*
P2009. De l'aube au crépuscule, *Rabindranath Tagore*
P2010. Les Sept Solitudes de Lorsa Lopez, *Sony Labou Tansi*
P2011. La Première Femme, *Nedim Gürsel*
P2012. Le Tour du monde en 14 jours, 7 escales, 1 visa
Raymond Depardon
P2013. L'Aïeul, *Aris Fakinos*
P2014. Les Exagérés, *Jean-François Vilar*
P2015. Le Pic du Diable, *Deon Meyer*
P2016. Le Temps de la sorcière, *Arni Thorarinsson*
P2017. Écrivain en 10 leçons, *Philippe Ségur*
P2018. L'Assassinat de Jesse James par le lâche Robert Ford
Ron Hansen

P2019. Tu crois que c'est à moi de rappeler ?
Transports parisiens 2, *Alec Steiner*
P2020. À la recherche de Klingsor, *Jorge Volpi*
P2021. Une saison ardente, *Richard Ford*
P2022. Un sport et un passe-temps, *James Salter*
P2023. Eux, *Joyce Carol Oates*
P2024. Mère disparue, *Joyce Carol Oates*
P2025. La Mélopée de l'ail paradisiaque, *Mo Yan*
P2026. Un bonheur parfait, *James Salter*
P2027. Le Blues du tueur à gages, *Lawrence Block*
P2028. Le Chant de la mission, *John le Carré*
P2029. L'Ombre de l'oiseau-lyre, *Andres Ibañez*
P2030. Les Arnaqueurs aussi, *Laurent Chalumeau*
P2031. Hello Goodbye, *Moshé Gaash*
P2032. Le Sable et l'Écume et autres poèmes, *Khalil Gibran*
P2033. La Rose et autres poèmes, *William Butler Yeats*
P2034. La Méridienne, *Denis Guedj*
P2035. Une vie avec Karol, *Stanislao Dziwisz*
P2036. Les Expressions de nos grands-mères, *Marianne Tillier*
P2037. *Sky my husband !* The integrale/Ciel mon mari !
L'intégrale, *Dictionary of running english/*
Dictionnaire de l'anglais courant, *Jean-Loup Chiflet*
P2038. Dynamite road, *Andrew Klavan*
P2039. Classe à part, *Joanne Harris*
P2040. La Dame de cœur, *Carmen Posadas*
P2041. Ultimatum (En retard pour la guerre), *Valérie Zénatti*
P2042. 5 octobre, 23h33, *Donald Harstad*
P2043. La Griffe du chien, *Don Wislow*
P2044. Les Nouvelles Enquêtes du juge Ti, vol. 6
Mort d'un cuisinier chinois, *Frédéric Lenormand*
P2045. Divisadero, *Michel Ondaatje*
P2046. L'Arbre du dieu pendu, *Alejandro Jodorowsky*
P2047. Découpé en tranches, *Zep*
P2048. La Pension Eva, *Andrea Camilleri*
P2049. Le Cousin de Fragonard, *Patrick Roegiers*
P2050. Pimp, *Iceberg Slim*
P2051. Graine de violence, *Evan Hunter (alias Ed McBain)*
P2052. Les Rêves de mon père. Un héritage en noir et blanc
Barack Obama
P2053. Le Centaure, *John Updike*
P2054. Jusque-là tout allait bien en Amérique,
Chroniques de la vie américaine 2, *Jean-Paul Dubois*
P2055. Les juins ont tous la même peau. Rapport sur Boris Vian
Chloé Delaume

P2056. De sang et d'ébène, *Donna Leon*
P2057. Passage du désir, *Dominique Sylvain*
P2058. L'Absence de l'ogre, *Dominique Sylvain*
P2059. Le Labyrinthe grec, *Manuel Vázquez Montalbán*
P2060. Vents de carême, *Leonardo Padura*
P2061. Cela n'arrive jamais, *Anne Holt*
P2062. Un sur deux, *Steve Mosby*
P2063. Monstrueux, *Natsuo Kirino*
P2064. Reflets de sang, *Brigitte Aubert*
P2065. Commis d'office, *Hannelore Cayre*
P2066. American Gangster, *Max Allan Collins*
P2067. Le Cadavre dans la voiture rouge
Ólafur Haukur Símonarson
P2068. Profondeurs, *Henning Mankell*
P2069. Néfertiti dans un champ de canne à sucre
Philippe Jaenada
P2070. Les Brutes, *Philippe Jaenada*
P2071. Milagrosa, *Mercedes Deambrosis*
P2072. Lettre à Jimmy, *Alain Mabanckou*
P2073. Volupté singulière, *A.L. Kennedy*
P2074. Poèmes d'amour de l'Andalousie à la mer Rouge
Poésie amoureuse hébraïque
P2075. Quand j'écris je t'aime
suivi de Le Prolifique et Le Dévoreur
W.H. Auden
P2076. Comment éviter l'amour et le mariage
Dan Greenburg, Suzanne O'Malley
P2077. Le Fouet, *Martine Rofinella*
P2078. Cons, *Juan Manuel Prada*
P2079. Légendes de Catherine M., *Jacques Henric*
P2080. Le Beau Sexe des hommes, *Florence Ehnuel*
P2081. G., *John Berger*
P2082. Sombre comme la tombe où repose mon ami
Malcolm Lowry
P2083. Le Pressentiment, *Emmanuel Bove*
P2084. L'Art du roman, *Virginia Woolf*
P2085. Le Clos Lothar, *Stéphane Héaume*
P2086. Mémoires de nègre, *Abdelkader Djemaï*
P2087. Le Passé, *Alan Pauls*
P2088. Bonsoir les choses d'ici-bas, *António Lobo Antunes*
P2089. Les Intermittences de la mort, *José Saramago*
P2090. Même le mal se fait bien, *Michel Folco*
P2091. Samba Triste, *Jean-Paul Delfino*
P2092. La Baie d'Alger, *Louis Gardel*

P2093. Retour au noir, *Patrick Raynal*
P2094. L'Escadron guillotine, *Guillermo Arriaga*
P2095. Le Temps des cendres, *Jorge Volpi*
P2096. Frida Khalo par Frida Khalo, Lettres 1922-1954
Frida Khalo
P2097. Anthologie de la poésie mexicaine, *Claude Beausoleil*
P2098. Les Yeux du dragon, petits poèmes chinois, *Anthologie*
P2099. Seul dans la splendeur, *John Keats*
P2100. Beaux Présents, Belles Absentes, *Georges Pérec*
P2101. Les Plus Belles Lettres du professeur Rollin
Ou comment écrire au roi d'Espagne
pour lui demander la recette du Gaspacho
François Rollin
P2102. Répertoire des délicatesses du français contemporain
Renaud Camus
P2103. Un lien étroit, *Christine Jordis*
P2104. Les Pays lointains, *Julien Green*
P2105. L'Amérique m'inquiète.
Chroniques de la vie américaine 1
Jean-Paul Dubois
P2106. Moi je viens d'où *suivi de* C'est quoi l'intelligence
et de E = CM2, *Albert Jacquard, Marie-José Auderset*
P2107. Moi et les autres, initiation à la génétique
Albert Jacquard
P2108. Quand est-ce qu'on arrive ?, *Howard Buten*
P2109. Tendre est la mer, *Philip Plisson, Yann Queffélec*
P2110. Tabarly, *Yann Queffélec*
P2111. Les Hommes à terre, *Bernard Giraudeau*
P2112. Le Phare appelle à lui la tempête et autres poèmes
Malcom Lowry
P2113. L'Invention des Désirades et autres poèmes
Daniel Maximin
P2114. Antartida, *Francisco Coloane*
P2115. Brefs aperçus sur l'éternel féminin
Denis Grozdanovitch
P2116. Le Vol de la mésange, *François Maspero*
P2117. Tordu, *Jonathan Kellerman*
P2118. Flic à Hollywood, *Joseph Wambaugh*
P2119. Ténébreuses, *Karin Alvtegen*
P2120. La Chanson du jardinier, Les Enquêtes de Miss Lalli
Kalpana Swaminathan
P2121. Portrait de l'écrivain en animal domestique
Lydie Salvayre
P2122. In memoriam, *Linda Lê*

P2123. Les Rois écarlates, *Tim Willocks*
P2124. Arrivederci amore, *Massimo Carlotto*
P2125. Les Carnets de monsieur Manatane
Benoît Poelvoorde, Pascal Lebrun
P2126. Guillon aggrave son cas, *Stéphane Guillon*
P2127. Le Manuel du parfait petit masochiste
Dan Greenburg, Marcia Jacobs
P2128. Shakespeare et moi, *Woody Allen*
P2129. Pour en finir une bonne fois pour toutes avec la culture
Woody Allen
P2130. Porno, *Irvine Welsh*
P2131. Jubilee, *Margaret Walker*
P2132. Michael Tolliver est vivant, *Armistead Maupin*
P2133. Le Saule, *Hubert Selby Jr*
P2134. Les Européens, *Henry James*
P2135. Comédie new-yorkaise, *David Schickler*
P2136. Professeur d'abstinence, *Tom Perrotta*
P2137. Haut vol : histoire d'amour, *Peter Carey*
P2138. Le Siffleur, *Laurent Chalumeau*
P2139. La Danseuse de Mao, *Qiu Xiaolong*
P2140. L'Homme délaissé, *C. J. Box*
P2141. Les Jardins de la mort, *George Pelecanos*
P2142. Avril rouge, *Santiago Roncagliolo*
P2143. Ma Mère, *Richard Ford*
P2144. Comme une mère, *Karine Reysset*
P2145. Titus d'Enfer. La Trilogie de Gormenghast, 1
Mervyn Peake
P2146. Gormenghast. La Trilogie de Gormenghast, 2
Mervyn Peake
P2147. Au monde.
Ce qu'accoucher veut dire : une sage-femme raconte...
Chantal Birman
P2148. Du plaisir à la dépendance.
Nouvelles thérapies, nouvelles addictions
Michel Lejoyeux
P2149. Carnets d'une longue marche.
Nouvelle marche d'Istanbul à Xi'an
Bernard Ollivier, François Dermaut
P2150. Treize Lunes, *Charles Frazier*
P2151. L'Amour du français.
Contre les puristes et autres censeurs de la langue
Alain Rey
P2153. Belle-sœur, *Patrick Besson*
P2154. Après, Fred Chichin est mort, *Pascale Clark*